◆◆ 中国文学名家散文精选丛书

一枕归期

若非 著

江西高校出版社
JIANGXI UNIVERSITIES AND COLLEGES PRESS

南 昌

图书在版编目（CIP）数据

一枕归期 / 若非著. -- 南昌 : 江西高校出版社,
2025.6. -- (中国文学名家散文精选丛书). -- ISBN
978-7-5762-5671-0

Ⅰ. I267

中国国家版本馆CIP数据核字第2024PG0129号

责 任 编 辑　袁娟霞
装 帧 设 计　夏梓郡

出 版 发 行　江西高校出版社
社　　　址　江西省南昌市新建区工业二路508号
邮 政 编 码　330100
总 编 室 电 话　0791-88504319
销 售 电 话　0791-88505090
网　　　址　www.juacp.com
印　　　刷　鸿鹄（唐山）印务有限公司
经　　　销　全国新华书店
开　　　本　650 mm×920 mm　1/16
印　　　张　13
字　　　数　160千字
版　　　次　2025年6月第1版
印　　　次　2025年6月第1次印刷
书　　　号　ISBN 978-7-5762-5671-0
定　　　价　58.00元

赣版权登字-07-2024-952

目 录
CONTENTS

第一辑
你看你看，时光的脸

车站·时光·盗窃者　　　　　　　　002

穿过生命的幸福的子弹　　　　　　　005

举着一朵花，等你带我去流浪　　　　008

爱呀爱呀这逆光的青春　　　　　　　011

盛放在时光里的花朵　　　　　　　　014

一两风半场梦　　　　　　　　　　　017

一枕归期　　　　　　　　　　　　　020

不相遇难相逢　　　　　　　　　　　024

落花成溪的忧伤　　　　　　　　　　027

那朵忧郁之花　　曾经盛开过　　　　033

那年夏天的海岸线　　　　　　　　　037

你看你看时光的脸　　　　　　　　　041

青春没有不老的面孔　　　　　　　　045

小先生　　　　　　　　　　　　　　047

所有悲欢都是一个人的灰烬　　　　　053

离我最近的天涯　　　　　　　　　　057

第二辑
温暖如你，纯真如我

笔友　　　　　　　　　　　066

蝴蝶　　　　　　　　　　　072

情书　　　　　　　　　　　076

红色高跟鞋　　　　　　　　080

南风知我意，吹梦到西洲　　087

温暖如你纯真如我　　　　　099

故城烟火　　　　　　　　　110

请你为我抄首歌　　　　　　118

小时光的麦田不孤单　　　　124

谢谢你在人海中　　　　　　128

四月不转弯　　　　　　　　134

一场倔强的神经病　　　　　139

烟花记得那年的小孩　　　　145

第三辑
别丢掉最初的梦想

成人礼　　　　　　　　　　　　　154

把人生每一步都当作高考　　　　159

别丢掉，你最初的梦想　　　　　162

给他自由，即是放生自己　　　　170

没什么，大不了重头再来　　　　177

心房才是最温暖的家　　　　　　184

选一个合适的姿势遗忘　　　　　193

第一辑

你看你看，

时光的脸

车站·时光·盗窃者

　　有多少次，我站在这巨大的广场，在拥挤的人群中，不知道朝哪一个方向迈出下一步。在贵阳客车站，我不止一次感觉到，前行的盲目。也许车站对于人的意义就是这样吧，让人感受离别的痛苦，体味重聚的幸福。同样的，它也让我这样历来独自远行的人，一次次感觉到迈步的沉重。

　　这是寒冬里的某一个黄昏。四个小时的颠簸留下来的疲惫一阵阵侵袭着我，冷风呼啸。十二月的贵阳，寒冷封锁了所有人们的温暖。缓步下车，眼前是排列整齐的汽车，他们要么刚刚抵达终点，要么即将开往远方。其实这些汽车就和我们一样，来来去去，真不知道哪里是起点哪里是终点。

　　习惯独自远行，所以无人接站。走出出口，人群远去，掏出手机，给妈妈电话，告知已经抵达要到的地方，正在去乘坐公交车的路上。

　　在等待开往花溪的公交车时，突然想起第一次远行。是年幼无知的年月，跟随爸爸去小镇上，那时候老家是没有汽车的，我们乘坐拖拉机前往小镇，身边都是不认识但是看来和蔼的面容。他们跟我们一样，难得有一次机会，坐上拖拉机，去往远处的小镇，用汗水兑换一些自己所无法生产的生活必需品，买下盐、煤油、猪油、锄头……有时候，他们会奢侈地买下一些颜色鲜艳的布匹，偶尔也买糖，给家里淘气的孩子们。记忆荒芜之后，只记得一路摇摇晃晃，头晕和恶心像病魔一样纠缠着我，耳边有爸爸和身边人聊天的声音。这一次车程其实很短，但是对于年幼的我而言极为艰辛，当然这初次乘车的痛苦在爸爸将糖递到我的手中的那一瞬间化为乌有。

好多记忆突然就涌上心头来——

13岁离家求学之后，开始独立生活，时常面对各种孤独。乘车，算是灾难深重的一种。每次需要乘车，在想到的时候都会害怕，等到坐在车上，要么会感觉车要侧翻，要么总觉得车要被后面的车辆追尾，或者就是头晕胸闷，呕吐不止。也许这就是年少时留下来的后遗症，这是一个漫长的过程。

……再大一些的时候，我到县城读书。那时候的车程是三个多小时，这对我来说也是难以接受的。每年放假的时候，我都是最后一个离开，将所有的朋友都送上回家的车，然后看着远去的汽车，感受到一种异样的悲怆。这样的感觉，送别的人都应该了解，当汽车远去，视野里只剩下缓缓降落的尘埃，有一瞬间的错觉，仿佛万物消隐，置身陌生的境地，周遭都是熟悉但无生气的风景。

我记得这年的夏天，在贵阳火车站送人远行。当她走到检票处，回头看我的一瞬间，我差一点，就流出泪来。那种场景，突然之间好像陷入黑白电影的骗局，没有任何声音，静谧成一幅画。转身的时候，巨大的悲伤涌上心头。送别对我而言，是一种苦难。然而，这种苦难一直在继续。这么多年来，一直站在送别的位置，看别人远行。而我，从来都不喜欢被别人送行，也许是知道那种苦难，所以拒绝成为苦难的缔造者。

我现在寄居在贵阳花溪的某一座山上，读书、写作，匆忙生活。晕车的弊病似乎已经远去，然而对于快速度的事物，依旧无法适应。我习惯步行，耳朵里塞着耳机，许巍的声音会轻轻地触摸柔软的耳膜：谁让我们哭泣又给我们惊喜/让我们就这样相爱相遇/总是要说再见相聚又分离/总是走在漫长的路上……我过分迷恋这雌性而具有质感的声音，然后在风声中独自走在路上。而事实上，这些年来，我也是一个人，匆忙地独自走在前行的路上。

车，以及更多快速的事物，依旧在我们的生命里来来去去。出现了，消失了；想起了，忘记了；发生的，过去了……

日日年年如此往复，一个一个的"我"，不见了。

时光深处，其实我们都是繁盛但终将凋谢的花朵。成长，是一个说来沉重的词汇，却是无意间完成的蜕变。当一辆辆车从我们身边飞速驶过，我们看见车窗倒影里的自己，稚嫩的脸不知不觉间已然变成熟，浓密的胡须不知何时繁荣地占领了我们的下巴。

这其实就是成长啊！好比从晕车到不晕车，从离别时的泪流满面到学会仰头看天忍住眼泪然后微笑挥手告别，从珍惜到懂得……

多年之后，我们恍然发现这样一个真理，时间是最大的盗窃者，盗走了我们的稚嫩，只剩下成熟和坚硬的羽翼。

穿过生命的幸福的子弹

1

很小的时候，每天要步行一个多小时去村外的小学上学。在黔西北两县交界的深山里，日日年年，周而复始。夏天还好，到了冬天，尤其是下雪天，冷都是次要的，山路才是最大的威胁。

那一年，三年级，考试的第一天，清晨起床，发现大雪已经覆盖了四野。记忆中那是生命所经历最大的一场雪，以后每一年面对天空飘洒的雪花和地上刚堆起来就融化的雪景无可奈何的时候，都会想起那一年的大雪来。想起来的不仅仅是纷扬的雪花，而是那时候温暖的肩膀。

那天，独自一个人赶往村外的小学参加学期考试。走到一半路的时候，突然感到呼吸困难，头昏难受，直到走不下去，坐在雪地上，连声音都哭不出来。正在为考试担心的时候，一个陌生人出现在面前。"小家伙，这么大的雪还去上课啊，走不动了吗？"并不是认识的乡人。我说不出话，只有点头。他背起我，向学校走去。到了学校，考完试，发现他还在门外，冷得发抖的样子，看见我出来，立马蹲下身子，说："上来，你家在哪里，我送你回去。"我本来想拒绝，却不由自主地爬上去。

这么多年来，一直不知道当年背我去学校考试并送我回家的男人叫什么名字，我甚至再也没有见过他。然而我记得他的面容，总是会在大雪天突然想起，那张平凡的脸贴近我的脸——"小家伙，这么大的雪还去上课啊，走不动了吗？"

幸福会像电流，流遍我的全身，击中我的心灵。

2

十三岁的夏天，离开家到小镇上求学，租住在一间简陋的民房里。每到星期天，就背上小背篓，步行两个多小时回家带粮食、蔬菜。回家的路，有一半是坑坑洼洼的马路，偶尔会有破烂的货车跑过。因为经常是星期五下午回家，所以经常遇到走到半路天就黑了的情况。

那时候那条马路上经常有一辆帮硫磺厂拉货物的破旧小货车开过，司机是一名中年男人，脸上有道伤疤，看来凶巴巴的样子，据说是硫磺厂劳改刑满无家可归的犯人。他每次在路上遇见我，就会把车停下来，招呼我："上车吧，搭你一段路。"有时候驾驶室就他一个人，我就坐在驾驶室里；有时候驾驶室已经满了，我就把背篓拴在车顶的钢筋上，蹲在货物上，摇摇晃晃地向家的方向出发。

在他的破车上晃荡了两年，我也不知不觉长大了两岁。初三的时候，因为污染太大，硫磺厂撤销，此后那条路上再也不见了那辆破旧的货车，脸上有刀疤的凶巴巴的男人也不知去向。

如今从小镇回家的路早就修通了，也比以前平整得多。但是每次回家，到了小镇后，我都会步行回家。走在那条路上，风景早就变了，而记忆却不变。那年看来凶巴巴却善良的男人，依然活在记忆中。

3

我曾有过一段放荡的岁月，是高二的时候。不知道什么原因，突然就变得极端，动不动就发火，然后染红发、逃课、吸烟、打架。结了很多仇人，老师厌恶，同学看不起。

冬天的傍晚，在小巷子往出租屋走的时候，突然跳出六七个年龄一般大的人。一番拳脚之后，丢下躺在地上的我扬长而去。周身多处的疼痛让我一时站不起来，鼻子流血了，染红了下巴和衣襟。在我坐在墙角养精蓄锐的时候，转角的地方露出一个小脑袋，随后一个十二、三岁模样的小女孩迟疑地走出来，丢下一瓶水和两张餐巾纸，小跑着消失在巷子尽头……

两年前，我刚进大学的时候，班会上说到最感谢的人，我安静地说起了那个女孩。是她让我决心改变自己，没有她的出现，我现在兴许还是一个街头混混，甚至有可能已经进了劳教所。

一瓶矿泉水、两张餐巾纸，就这样改变了我的生命。可惜的是，我再也没有见过那个女孩。

4

生命中，总有一些人，也许至今不曾认识，也许只是一次擦肩而过，却留给我们无尽的感动，虽然远离不知身在何方，但却真实地活在记忆中。

原来他们从未远离。像雪路上俯下身子来的陌生男人；像漫长回家路上停下车来的凶巴巴"犯人"叔叔；像那个给陌生的我留下水和纸的年少女孩；像小学受罚站的时候悄悄把水送到窗台上的同学；像高中课堂上替自己接受老师批评而一言不发的兄弟；像那年中秋节面对因肠炎发作两日未进食躺在床上无力起床的我而生气地甩掉月饼的女孩；像这年夏天穿越半个城市给我送来驱蚊花露水的漂亮姑娘……

那么多那么多的他们，在我的生命中，留下深刻的印记。

那些人，就像子弹，穿过生命，留下无尽的感动与幸福。

举着一朵花，等你带我去流浪

有风吹过的阳台，总让人想起那些年，风涤荡夕阳下的裙摆，清澈眼眸在斜阳下一闪而过。美好的事物总是在多年后，于充满怀旧气息的场景里悄然出现在脑海。

比如，夏日里我走过城市高楼层林里难得的香樟树下，清风流转颈间，突然想起多年前的事：夏日午后，有清风穿透走廊，明眸皓齿、刘海齐眉的女孩，穿格子衬衫坐在老县城唯一一所中学的道旁香樟树下，问我可愿意带她去流浪。我说，好。于是我们穿过寂静走廊，冲向旷野郊区，无所顾忌地把使人昏昏欲睡的课堂和繁重的作业抛弃脑后，在郊外疯狂"流浪"一整个下午，然后踩着暮色回家。

突然想起想起不知道在哪里看到的一句话：我举着一朵花，等你带我去流浪。这是独属于青春年少的美好梦想及固执的期望。

不会理会旁人异样的眼神，跟他走向苍茫的海角天涯，在流浪的路途中，盛放青春的光彩。

——这是多么孤注一掷却美得壮丽的事情呀！就像当年的文君，不顾世俗，坚决地和相如私奔而去；就像当年的张爱玲，为了心中所爱，"不问值得不值得"，直到被抛弃；就像当年的三毛，只因荷西一句话，就不惧撒哈拉沙漠的孤独与艰苦，决绝地跟随前往……

看过这样的话，生命中至少要有两次冲动：一是突如其来的爱情，一是说走就走的旅行。同样的充满激情和决然的美。而举着一朵花，等心爱的等带领去流浪，既有突如其来的爱情，又有说走就走的旅行，让人充满幻想和期望。

懵懂年少，世俗只是脆弱的纸屑，可以不计入生命的思考。只有那些美好的事物，才在我们心中有强大的位置，比如为所爱的人克服一切困难，比如在某个黄昏跑出家门去向远方，比如只因为一句话，就决绝地爱一场，不怕任何伤。

我曾遇见这样的读者，年到26岁，一直想要完成年少时期远行的梦想，所以选择孤独远行。毅然决然放弃辛苦考上的公务员，用微薄的积蓄支撑一场孤独的远行，独自在路上品味人间的清寒与温暖，行走的路上写下温暖却有隐含坚硬疼痛的句子，鲜有和路人聊天，眉目低垂行走近一年。后来遇见同样在途中的男子，皮肤黝黑，神色干净，面容里有时间沉淀的睿智与淡然，于苍茫的路途之中相爱，在安宁的村庄里面举行旧式婚礼。经历长久独行，经历意外的幸福，面对时间流转的苦难，她的言谈更多一份安定，告诉我：年轻的生命总应该有那么一次不顾及所有的决定，用全部的生命去做一件事情，而不计较成功与失败，也只有在不断前行的路途中，才能感受到生命的质感。

众多朋友中有独特的一个对我说起她的故事。那是年少无知的初中年岁，她是长得好看的女孩，却不喜欢学习，逃课、打游戏、学男孩子抽烟，甚至打架。父母对她没有办法，老师看到也只好摇头，同学厌恶，众人不看好。初二下学期的时候，班上换了新的班主任，刚从师范院校毕业的青年男子，长得清秀帅气，浑身散发阳光气息，又对班级极其负责，让人欢喜。跟所有年少的女孩们一样，她喜欢上了新来的班主任，因此每日必到教室，认真学习，只为能有更多机会看到班主任。出乎所有人意料的是，仅仅一个学期，她的成绩突飞猛进，提升的让人瞠目结舌……多年以后，她在我所在城市的师范大学念书，彼时隐含的暗恋早已化为衷心的感恩；而当年深深喜欢的班主任业已结婚成家，有漂亮的妻子和可爱的女儿。她说："爱让我们成长，那时候固执而决绝的暗恋，彻底改变了我，我感觉自己正渐渐成为另一个他。"你看，这又是一个不计后果却又意外收获的故事。

过去的这个七月，在旧城里遇见当年曾一起"流浪"的女孩。谈及年代久远的那次疯狂的"流浪"以及随之而来父母的责骂和老师的批评，我们都笑了。时间流转，多年后的今天，我们在不同的地方为未来努力，有不同的生活，各自的爱情，而当年疯狂的举动，原来在彼此的生命里都是美好的记忆。

流年总有美得动人的面目。时隔多年，当时光在我们的下巴铺满浓密的胡须，青春靓丽的脸上也留下了隐约纹路，回首这一路，是否会因当时的决定而后悔，或者是因为当时没有决定而后悔？无论答案为何，过往总是一笔财富。因为时间只是成长的土壤，而那些好与坏的事情，才是成长的肥料。

我举着一朵花，等你带我去流浪。可以想像，这是多么美妙的画面，而时间过去多年，青春不再，你是否还抱有这样美好和决然的心态呢？

爱呀爱呀 这逆光的 青春

　　每一段时光，都有一些歌，来封锁年月的愁绪。当我们还在唱"等待着下课等待着放学等待游戏的童年"的时候，罗大佑老了，童年不再了；当《那些年》的旋律响起，"那些年错过的大雨，那些年错过的爱情，好想拥抱你拥抱错过的勇气……"这些柔软的词汇亲吻我们年轻的耳膜，我们成长了，青春已经所剩无几。

　　时常想，我们会以一种什么样的方式老去呢？

　　这是多么严肃且让人忧伤的问题呀！只是这样的问题未及等来答案，青春就只剩下滑溜溜的尾巴了。不觉间，年华悄然老去，那些与青春有关的事物，早已离得很近却与我们无关。

　　比如纸风筝。当我们坐在急速的电车上，看见城市折射的破碎阳光的时候，纸风筝早就在阴暗的抽屉里沉睡了多年。纸风筝属于有阳光的下午。在周末，纸风筝会陪同我们度过快乐的时光。那时候，阳光折叠在我们年少的脸庞，笑声回响在年少的耳际。你有没有过这样的纸风筝？它用陈旧的课本纸张制作，上面留着制造时留下的手指印记，经历时间的洗礼，它经历多次损毁但都被修补好，在折角处积落细微的尘埃……它沉默，它不言不语，它不再属于天空，它仅属于我们自己，属于年少的记忆。

比如丁香女孩。青春里面有那么多青春年少的女孩儿，她们体型清瘦，面容清秀，眉目低垂，眼神忧郁……她们来自于戴望舒的《雨巷》中，有着"丁香一样的颜色，丁香一样的芬芳，丁香一样的忧愁"。她们美丽，她们忧愁，她们并不理会男孩子们的口哨和尖叫，在阳光西斜的下午走过窗外，那么美，不容许我们去触碰，在眼神的深潭里唯美和忧伤。然后有一天，你恍然发现，她们已经不复存在——于记忆中，她们就是唯美的丁香，安静地开放在唯美成长的路畔，未曾凋谢。

比如小虎队。那时候在舞台上蹦蹦跳跳的小虎们，其实已经在时光里面老去。然而流年里阳光温暖的歌声，曾陪伴我们度过年少的岁月。"看那红色蜻蜓飞在蓝色天空/游戏在风中不断追逐它的梦/天空是永恒的家/大地就是它的王国……"一个个无法入睡的夜晚，是他们雀跃的音符，点缀出梦境里美丽的星空。

比如情书。你有没有偷偷地喜欢过一个人？有没有为暗恋的对方写下满纸的情话？其实那是多么美好的年月，喜欢一个人并不告知，只是在放学路上跟在后面，只为多看一眼；或者在自习课时侧过身子，偷看对方的侧脸；或者呀，在午休时分将准备好的牛奶偷偷地放在对方的书包中；当然也会像电影里面那样，将喜欢的女孩作弄……而这一切，都将在时过境迁的某一天，无意间翻开抽屉底部泛黄的情书时，带给我们无尽的温暖和幸福。

比如比如……翻开时光的画簿，太多的"比如"等待我们去追忆。在下午三点的时光，温软的音乐声里，那些逆光的青春记忆，再一次泛上心头。

唯美的青春都是逆光的。我们并不能看清那时候的自己，因为耀眼的属于青春的光芒让人沉迷。你记得夏日下午闷热的教室里，从后桌传过来的的纸条吗？你记得黄昏时分一群人的自行车哗啦啦地路过爬满爬山虎的老墙吗？你记得清晨走进教室，发现喜欢自己的人放在桌厢里面温热的豆浆时的那种羞涩和惊喜吗？你又记得下午和死党一起躺在足球场的草坪上看天空说笑的时光吗？我知道，你记得。这些画面会被时光自动剪切，然后在逆光的青春记忆里，不由我们决定地自动蒙太奇播放。

　　《那些年，我们一起追的女孩》里面，有一个一群人坐在海边堤岸上面的场景，这样的场景最适合谈论未来、梦想，最适宜赋予一切温暖的词汇。因为有属于青春的温暖阳光的透射，它是美的，且让人动容。我想，每一个热爱生活、享受记忆的人，都喜欢这样唯美的画面的吧。在夏日夕阳西下时分，年少的孩子们坐在高处，阳光温暖地落在他们的身上，那些身躯柔弱消瘦，但脊梁坚硬、棱角分明；我们听不清他们在谈论什么，但是他们眼神里有对未来的向往，有对梦想的期望；他们的眉目之间有隐约的忧愁，话语天真，但是眼神坚毅。

　　多年后，在电影里，我们一次又一次地温习那些美好的青春期，于是一切伤害和苦痛都不重要了。因为，逆光的青春，让我们懂得，成长终究是一种财富，无关伤害，那些走过的人、发生的事情，都值得我们记得和怀念。

　　你说，我们会以一种什么样的方式老去呢？青春所剩无几，何必拿来思考这样的问题？

　　亲爱的，那就抓住青春的尾巴吧！好好爱，爱这逆光的青春……

不知道怎么就说到暗恋。

你昂起头，眯眼睛，微微笑，吐出轻微的气息。夏日的阳光穿透层层叠叠的树叶，落下你一脸的斑驳，在我众多的读者中，你是特殊的一个。你言及自己青春年少的故事，问我："若非，你说我那时候是不是很傻啊？"

是七月的某个清晨，微风在我们身边兜转，那些喧闹的车流离我们很远。对于你的问题，我不知如何作答，只是安静地看你。你的故事依旧在叙述中，说到开心的地方，兀自停下来大笑——

"那些都是天真的年月。"你说。

那时候在艺术高中上学，你学音乐。他学什么呢，整个叙述过程你都未曾提及。你只是说："突然就喜欢上这么一个男孩子，他高大、帅气……以至于深深第将你迷住了。"于是让女伴去打听，要来电话，却不敢拨通。

那时候高二，眼看兵荒马乱的高三即将来临。那么多的夜晚，放下沉重的手风琴，你想要拨出哪一个电话，犹豫好久，终究是选择了放弃。终于鼓足勇气，给他发了一条信息：你好，想跟你做个朋友！时间恍惚，你除了"做个朋友"，还敢说什么？你害怕那样的短信让他以为你很轻浮，发送成功后心扑通扑通跳不停，以为就这样结束了。即使没有回复，也便心安了。然而他回了短信，顺理成章地认识。

就像所有恋爱中的孩子一样，你们想尽一切办法碰面。早晨走进教室，会看见他准备好的热腾腾的早餐；课间的时候故意绕路到他所在的班级，只为看他一眼；放学后，一起回家，谈天说地；他打球的时候，你在场边安坐，把嗓子喊哑，把手掌拍到麻木；你练琴的时候，他躲在钢琴后面，只为听你弹奏美妙的曲子……却没有牵手，更不及拥抱。

看起来，这些都是爱情的模样！

你喜欢他，却从未说出口。而他，也不曾给过你承诺。爱或者不爱，谁都不曾提及。

只是日日相伴，彼此心事连连。从高二到高三，兵荒马乱之后，迎来高考。高考之后，你前往贵州，学习音乐。而他留在本地，有着自己的梦想。离别的时候突然敏感地说起两人的关系，尽是无语。

他问："当时怎么想要认识？"

你只是说："就是觉得你很优秀，想要做朋友。"

然后天各一方。留下的电话，从来没有拨打过，因为你知道彼此再无机会。渐渐也就搁浅了记忆，电话丢失之后，也就真正地断了关系，连朋友的关系都没有了。

"你说我那时候是不是很傻啊？"你再问我。你的目光里荡漾着夏日放肆的阳光，原来你也还是年少的模样。

我说："不傻。"是因为我熟知一个发生在朋友身上的类似的故事——

不知道是怎么遇见她的，反正不知不觉就迷恋上了。那时候，为了见到她，每天早早起床，等在小区门口，看到她来的时候一路跟随，躲躲闪闪，像做贼一样。整整两年时间，从来没有说过一句话，连叫什么名字都不知道，只知道所居住的小区，以及上课的班级。那时候，每天都是快乐的，因为可以看见她，其他的都不再重要。

高三的时候，她突然不见了踪影。他始终都不知道那个女孩哪里去了。时隔多年，依然记得那时候从小区到学校要转过几个街道，记得那家卖早点的小店的服务员总是笑盈盈地将油条递给她，记得路过那口冒着热气的井时听到的咚咚的流水声……哪怕时光消逝，依然记得一切，说话的嗓音，前行的背影，却单单渐渐模糊了她的面容。

然而时光终将于悄无声息之间消隐掉关于青春路上的苦涩，遗留下来的是淡淡的幸福，因为那样单纯的爱恋，曾让我们的青春饱满和充实。

回到你的故事。你说，去年冬天的时候，在烟台的大街上，突然就遇见了。这时候彼此都有属于自己的生活。爱情，理想，都已经截然不同。他身边有眼神温软的女孩，微笑着和你打招呼，然后相互留下电话，分开。"呵呵。"你笑，"虽然有着彼此的电话，却没有联系，不可以再打扰彼此的生活了。"

但是，想起来，还是开心快乐的，因为那种不可言道的细微触感。暗恋是盛放在时光里的花朵，它们终将远去，然而纵然凋谢为春泥，却永远开放在内心深处。

时光流转之间，在人生匆忙的路上，蓦然之间，那些美丽的花朵，无时不温暖着我们在尘世苍茫中奔忙到疲惫的心灵。

那么，爱过，就够了。你说呢？

一两风 半场梦

七月迂回。风掠过面颊的时候，某些旧的场景忽闪，像一无声的电影。

春日艳阳里浅淡素静的面容。逆风柔软而轻巧的转身。微笑时自然而然地抬手拂动刘海。夏日午后头枕课本安睡，许是有很美的梦，才会笑得那么安然。冬天早晨吹着雾气，坐在角落里一动不动……

是你。是你。还是你。都是你。

风转过记忆。你转过脑海。

清风里一眼看过去一切都是安静无声。

那年九月你的笑脸在风中闪现又隐匿。是秋日渐静的时节，下午的时光空气中弥漫着沉闷的阳光味道。我在无所事事的时候，你像个冒失鬼一样撞入我昏然的双眸。

"同学，旁边可有人坐？"你问我。

我看你懵懂的面容，笑出声来，忘了回答。

往后，你就成了我的同桌。告诉我，你叫雅雪。我轻轻笑，心想，是美丽的名字。

人生中最美好的时候，想来就是那时候了。

记忆最深的，是夏天。你穿素白的衬衫，让人眼睛温暖。微微笑，说："我们去走走。"

目光所及竟是浓郁的绿，你在我身畔是轻盈的蝶。对我滔滔不绝，你说梦想，说生活，说想要一个人远行，说对我们小小的县城过分迷恋……你说了很多，现在我都一一记起。

回去的时候，你说起分离，说的时候低着头。"遇见你是我的幸福。"我隐隐有悲伤，只顾无言，忘了拥抱。

那个夏天之后的时光没有你。大片大片的时间沦为空白。我在想念你的夜里，写就的诗行，压在沉重的年月里。泛黄，然后老去。

你从远方来信，信纸上带有沿海特有的海风味。你说害怕离别，不忍看别人落泪，因此不告别；你说答应要写的故事已经近尾声，就是不知道该给主人公一个什么样的结局；你说夜晚会一个人在无人的路灯下安坐，看我留给你的那些文字……

我读你的信时，身边有树叶轻轻飘落下来。很美但忧伤的样子，像极了青春年少的某个梦境。你说："秋天就在眼前，请注意身体。"

我的心里是暖的，轻轻地有某些触动。

书信往来。文字温暖，却从来不提爱情。不是不爱，亦不是爱，是年少岁月特有的某种情感，到现在还无从道明。

以为，可以这样子。长大，变老，最后死亡。

而你却过早离开。在那年的春节。晚上步行回家的路上，丧心病狂的劫匪盯上了你。多年后，我依然无法得知，那个夜晚，你遭受了多痛的侮辱，是怎样的挣扎，有怎样的绝望。

你留下的最后一封信，是冬天快结束的时候邮寄过来的，说冬天太冷，还是夏天好，比如七月。我知道，你说的七月，是我们的七月。

有一条短信，是走的那个春节发的。说："此夜我突然醒来，想起你，是否还在熬夜写温暖的文字？春节来了，你我又长了一岁，我知道，我们是一起长大的。"

可是，一路走过来，只剩我孤独地长大。

这些年，我走过一些地方，见过不少的人。长大，是件让人措手不及的事。

而你，留在青春年少的年月里。我路过的一路风景早就凋谢，你却在年少的岁月里永开不败。

幸运的是我，曾陪你一起开放。

时光如蜕，回忆成殇。是我们的七月，一两风，半场梦。我抬不起年轻的眉头，拾不起沉重的回忆。

眼前的七月风景依然，细细碎碎的到处是你的讯息。

我的每个动作，仿佛你都在观望。在风里，你的声音穿透流年，萦绕在我的耳旁。

说，我不喜欢，你长大后的模样！

一枕归期

　　当我坐在待发的火车车厢，看到窗外不远处有刚抵达的火车，车厢内人流缓慢移动，从车厢门鱼灌而出，像极一场放生，将他乡的人，放生到他们应该去的地方。有时候又觉得，火车和人一样，有情感，懂喜悲；有温度，知冷暖。而此刻，火车的沉默就是我的沉默。

　　我们都像一列小火车，时而沉默时而喧嚷地奔突在路上。

　　而这一程，从遥远他乡返回贵阳。冬日严寒里，冷清而寂寥的旅程。

　　冬日枯燥荒芜的远山逐渐在视线尽头消隐，暮色四合，霓虹渐次亮起，它们是排练好的音符，每天都准时地跳跃在现代都市的线条上。我在卧铺躺下，听见火车发出长鸣，"咣当咣当"的声音响起，城市就被抛在了身后。我在这种由车轮与铁轨的协奏营造出的晃悠和喧响中，获得一种突兀的自知和敏感。是的，似乎从火车出发那一刻开始，我就无意识地脱掉理性的外衣，露出感性的小花蕊。

　　记不起这是第几次乘坐火车了。在时间的洗礼中，对事物的感知渐趋于理智，因此失于偏颇，常常只给火车赋予运输的功能，因此将它打上冰冷、坚硬的标签。但第一次坐火车的经历，至今记忆犹新。上大学后的事情，扒火车去一个从未抵达的城市参加活动，那是第一次和火车亲密接触，当我懵懂地跟着别人排队检票候车上车，这个过程就像一项神圣的仪式，每前进一步都会多一分的想像和思绪，而那张黄色车票被我紧紧捏在手心，生怕一不留神丢失。在长达十三个半小时旅程中，我经历白天黑夜，一刻未眠，像只惊慌的小鹿，一点声响一寸风景都足以让我睁大年少的眼睛憋紧少不更事的心房。年少的火车，是一只感性的小动物，连一声吭当，都像极了年少初识的喘息。

　　呵，这些多年后想来让人暗自发笑的经历，在每一个人的记忆中，都有很多。比如第一次遇见喜欢的异性，视线交织时电光火石的一瞬间，惊慌得说不出话来，不知道要做什么，手不知道往哪里摆，舌头也像打结一样半天说不出一句话来。比如第一次给暗恋的人写情书，少不更事的年纪使劲让自己严肃正经起来，写了涂涂了写地打草稿，写错一个字换一张信纸地誊写，恨不得把每个字都写得跟教科书上的一样笔直工整严肃客观，还没有寄出去就自己把自己感动得泪流满面，而投递情书又是一个犹豫幸福惶恐多味混合的过程。

　　火车旅程适合用来回忆和思考。简媜说，回忆若能下酒，往事便可作一场宿醉。这黑夜中，马不停蹄奔向远方的火车，就是我孤独的酒场，一辆小火车，义无反顾地奔向了记忆的海洋。十六岁的时候，喜欢上一个女孩。她跟我一样，对火车有着独特的向往，我那时候渴望乘坐一次火车，去随便一个地方，然后悄无声息地回到家乡的小县城；而她的梦想是，沿着铁轨，一路往前走，往前走，没有目的，未知终点。可是家乡小县城并没有火车，电视和报纸以及他人的口述并不能让火车具体而真切地呈现，于是火车对于年少的我们，给予了更多的想像——

"你知道火车的铁轨怎么来的吗？"

"我不知道！"

"从前有两个相爱的人，他们深爱对方却无法在一起，只能保持一定的距离相互守护，相护相伴，他们走啊走啊，一直向前，走向无尽的前方……他们的足迹就成了铁轨。"

这样浪漫而又忧伤的故事，让我们津津乐道。彼时年华正好，我们在对火车的幻想中逐渐成长，在时光的战役中消减了对未来预期的可能性，终于在荒芜流年中弄丢彼此，孤独地行驶在自己的轨道上，日渐老去。而今，我在深夜的火车上想，也许，尘世中的我们，真的如同两条铁轨，固执而执著地向前奔跑，却永远也找不到相互交织的点。

我曾在火车上写作，阅读，想念一些人，和陌生人交谈，交付彼此的归宿、姓氏、爱好，赋予对方恰到好处的热情。但这是第一次在火车上想到梦想和未来。我突然想到这样的画面，一个神色坚毅的男子，拖着沉重的行李，爬上拥挤的火车，跟随火车去往与梦有关的远方，在晃动的车厢，他疲惫，但脸上写满对未来的憧憬和希望。我以前有一个梦想，是当一名作家，在不断前行的途中，感知未知世界和未知自己，并试图和这尘世达成一种和谐的谅解与对立。

但时间和现实终于无情地磨灭了最初的梦想。除了偶尔因为出行乘坐火车，更多时候，我身居山区小城，繁忙工作之余，独自书写人世冷暖，尘世喧嚣。就像那些被搁置的小火车，沉默，冷静，脚踏实地，不谈梦想，但时刻都在调整姿态，准备新的启程，因此而少一分喧腾，多一分平和。而我们每个人，都将像那些随时间的增长而终将报废的火车，在人世中，身上披满时间的光芒，慢慢老去。

在旅程结束之前的最后三个多小时，我停止回忆和思考，昏昏睡去。在火车上做了一个与火车有关的梦：我自己变成一辆小火车，冲开黎明的浓雾，开向太阳升起的地方……

清晨七点多，我抵达贵阳站。冬日清晨，下车，跟随人流下地道，穿过幽暗通道，在出站口看见人流涌动。林城贵阳以熟悉而温暖的气息和面目，呈现在我的眼前。

身后，我所乘坐的火车，鸣号去往新的方向。而我快步前行，把自己隐入道路委婉的漩涡中。

一枕归期，几缕思绪。温暖了冬日归途中的自己。这一刻，清醒，自然，坚定，充满想像。

　　再不见你的影子。在众多的QQ头像之间，你的头像黑白，鼠标晃动的时候，闪出很久以前你写下的那六个字来：不相遇，难相逢。

　　这样也好，分别总是要来的，来得早也便去得早。这话是谁说的，都忘记了，只记得，你说：不相遇，难相逢。仅此而已。

　　认识你，是一个意外。原因是我没有想过和一个远在千里之外的网友产生太大的关系。长期习惯实名聊天的我，在你那些"你在吗""说话啊""怎么不说话啊"之类的长久追问后，终于敲出那一句"请告诉我你的名字"。我以为你就此不会再来找刚加好友就要询问名字的我聊天，没想到你竟然发来傻笑的图片，后面是你的资料，说：叫我姚简。

　　姚简，你不知道，那时候我忍不住心动了一下。茫茫人海之中，有几人能在网络上爽快地把资料给一个刚认识的异性？我小心翼翼地说：谢谢你的信任，姚简。

　　因为你的豪爽，我轻易地知道，有关于你的一切。

　　是春天的某些深夜，你给我发那些柔软的诗篇，说，若非，给我看看吧。我在一边偷着乐，你细微的心思全被我悉数出来，摆在我面前的，是年少的女孩独有的情绪，源自对某个少年小小的喜欢。谈到那份爱的轻盈，你在字句里说："他来的时候，我感觉自己像阵风，轻得飘了，软得红了。"

有那么一瞬间，我似乎窥见你的小秘密，心细微地战栗起来。仿若你就在眼前，把心思赤裸裸地袒露给我，那些爱，那些细微的触动，被我一一感知。

那时候，我正在写一个女孩子的故事，说的是一个家境清寒的女孩，遇到一个老是欺负她的男孩子，并一直固执地以为那是一个很坏很坏的孩子，因此对他万般言语打击，在这个过程中，男孩因为对女孩的爱以及女孩的打击而一步步变坏，而女孩却在不知不觉间爱上了她一直憎恨的男孩，最后，在女孩参加高考的那天，男孩为了去看望女孩儿没有执行黑帮给他的任务，被黑帮组织打死，而女孩则陷入无边的悲伤之中……

故事一段一段地发给你，你悲伤地打来电话："若非，求求你就此打住，我不喜欢这样的悲剧，我要男孩安然地和女孩一起，完美成双。"我笑："姚简，真是矫情的小孩子。"

故事终究还是继续下去了。我不知道，那时候的你，正经历着这样的故事，只是相反，你是被认为很坏的女生，而对方却是公认的好孩子。原谅我重复你的故事。

有一天深夜，你的电话突如其来。你在千里之外泣不成声，我一下清醒无比，不知所措。你说："若非，我真担心，有那么一天，我会成为你故事里的那个男孩！"我的声音跟着你的哭泣颤抖，说："姚简，故事只是故事，生活是另一回事，要相信爱情，相信自己的努力。"你说："可他终于还是下了死心，这一段感情再无前进之路。"我说："那就退下来吧，不要煎熬自己。"你的声音忽然很小，我努力才听见你说："可是，再无退路。"

再无退路。你不知道，这四个字瞬间让我心里打了一个颤栗。那个夜晚你所有的情绪，仿佛穿越万水千山的阻隔，抵达我深夜孤寂里的内心。你也不知道，那个夜晚，我是怎么气急败坏地毁掉那个故事，若是我的故事能够给你希望，那就值得了。然而那晚之后，你的QQ头像再也没有亮起来过，空间再无更新，一年后的今天，你的签名还是那么苍凉惊心的一句话：不相遇，难相逢。

你去了哪里？我不知道。

我依稀地记起你的一些话，说人与人相遇只是个过程，分别才是目的；说喜欢一个人很简单，转身离去却很难；说如果可以我们可以见见面；还说会带我品尝你所在的小城独有的小吃……

刚刚过去的这个十二月初，我不经意地去往你的小城，在寒风中，一个人去感受你那些年的周遭生活。低矮的房檐，寒风里匆匆跑过的行人，院墙内不时传来狗叫，裹着羽绒服的女孩轻轻推开小门走出来……

我心里阵阵悲凉，终于理解那年你看我写下的故事时的悲伤，因为眼前的这一切，就是活生生的我的那个故事。我突然想，我们是相遇了的，在时光交错之中，在你的小城里。

不相遇，难相逢。许是对的吧。你是我生命中路过的某甲，消失了，便无音讯。我在属于你的城市里，看见任何一个模糊的面孔，都想叫出声来：姚简，原来你在！好多年了，我不知道，你是否还是那样执著地爱着，亦不知道你是否已经拥有自己的幸福。然而记忆中最后和你交谈的话还清晰的记得，我说："姚简，请善待自己。"你记得吗？

生命中，总会遇见这样的人，在孤寂的岁月里来了又去，有些细节刻骨铭心，然而却从未遇见。于你，于我，都是一样。

也许多年之后，在生命的某个地方，彼此会真正地擦肩而过。

我在这里，七月的花溪。

深夜醒来，窗外的天空是暗的。夜，静悄悄……

来的时候，是九月的正午。在喧嚣的人群中，面对一座城池冰冷的建筑物，想念家乡低矮的楼房，想念有别于城市车流喧响的乡村牧歌。阳光猛烈，无情地炙烤脸庞。在人来人往的客车站，有人在远行的途中小憩，有人在回家的归途里欣喜或是悲伤。

独自走出人群。我是孤单的，一个人和自己沉重的行李。没有人接站。出站的时候像一只无头苍蝇，连学校接新生的校车都找不到。

没有风。一个人打车，付高额的车费，去往一个有美丽名字的地方。花溪，想到这个词的时候，心中微凉。

那时候想到，在那个炎热的九月，许许多多个跟我我一样的人远离故乡，远离一段美好的年月，随列车融入一座陌生的城池，融入一段新的岁月。

是一件让人忧伤的事情。

对于一个地方，有欣喜，亦有失望。所谓"既来之则安之"只不过是硬着头皮装作毫不在乎不以为然的自我煎熬。

九月的时候，经历大学军训。不说累，是因为根本就不觉得累。对于一个从农村走出来的孩子，早已习惯了烈阳和汗水，早已适应了磨破皮的疼痛和流血的惊心。一场军训，更多的，是玩乐，是自我消遣。

从那时候起，夜晚是孤独的。身边的人都是陌生的，相遇的时候微笑，客气似讨好地招呼，转身之后随即忘记。彼此都是不知道底细，因此，打心底里小心防范着。怕伤害，其实，一直在彼此刺痛和伤害。

一个人读书，一个人写字。那段日子，要感激一个人。刘亮程，这个名字想起来的时候就会想起故乡小小的村庄，以及年少无知的那些岁月。《一个人的村庄》，一本书，至今还放在床头书柜最显眼的位置，时常在看，每每看都有新的触动。

一些文字，在那些孤寂的夜晚，成为抚慰心灵的良药。

夜来临之前，街灯早早亮起。这是一个惧怕黑暗抵制夜晚的城市。行走，无所目的地，在学校的每个角落。

一直走一直走。年少的笑脸忽而闪现，久违的乡音萦绕耳旁。

就这样子。我会成为另外一个我，分娩另一个我。我和我交谈，有时候安静，有时候激烈的争吵。没有人知道，我一个人路过灯火的那些夜晚，曾在属于自己的战争中苦苦挣扎。有时凯旋，有时一败涂地。

夜晚，无法寻找乡村灯火那样的星星点点。

我渐渐麻木自己，忘记了去寻找星光。

或许，就算去寻找，也无法找到。至今我还不明确，如果汽车尾气弥漫天空，星光是否还会闪耀。

然而，我知道，有一颗星星，从未停止过对我眨着年轻的双眸，从未放弃过一路走来对我的守望。

"星星点灯，照亮我的家门/让迷失的孩子，找到来时的路。

星星点灯，照亮我的前程/用一点光，温暖孩子的心。"

像郑智化唱的，一路走过，一路跟随。

它在久远的故乡，穿过万水千山，穿过重叠云雾，依旧闪烁不停。

有一天看书，安妮宝贝无声的一句话，让我的心兀地感到荒凉。

"天空的蓝，是一种疾病。"

我以为这是一种刺痛内心的孤独，一种梵高式的刻骨荒凉。

没有特殊的自我映射，然而在孤独的岁月里，我还是一下子感受到了十月未完时的点点凄凉。

是的，十月未完。

冬天就要来临，而天是蓝的。在这刺目的蓝里面，似乎有些许看不透的东西。不敢细看啊，怕压抑，会窒息。

我明白，那些看起来很蓝很蓝的天空，有着无可言说的沉重。它不属于故乡，不属于童年，属于车流喧嚣人来人往的城市。不属于我。

走过花溪河，终于明白一个道理。人所苦苦追逐的，不是摆在眼前铁真真的现实，而是内心之中的那一份挂念。

当我面对花溪河的时候，我深切地体悟到，我喜欢的，只是"花溪"这个美丽的名字，一个梦境一般的追逐与念想。不是眼前这条河，不是。

它，没有特殊的地方。没有。

他所拥有的柳树、卵石、游鱼，故乡村头的小河都拥有。它除了拥有一个美丽的名字——花溪河之外，什么也没有。

然而，它却也成不了故乡村头的小河。它成不了的东西太多，只是一条河，花溪河。而已。

冬天是在一场突兀的大雪里来临的。

那天坐在教室里，无所事事的时候，不知道是谁大叫了一声，下雪啦。于是几十双眼光齐刷刷地望向窗外，惊叫连连。

是的，下雪了。是的，冬天了。

除此之外，还有什么？为什么要惊叫，为什么要不听课而偷望窗外的扬雪？

手机里有身在北方的朋友两个月前的短信，很朴素却充满温情的话语：

非，哈尔滨下雪了。在这个北方的城池，想起你，是否已经带上手套？

回到宿舍，迅速找出旧年用过的手套，带上，给北方的朋友回信：

两个月后才给你回信，是因为南方的冬天现在才到来。今晨下雪了，不大，现在还在纷扬。我亦戴上手套，是去年用过的，旧，但是感觉温暖和踏实。非。

依然是平实的话语，似乎对方就在眼前，写信息的时候，内心是温暖和幸福的。

雪下至午后，便停了。积雪不多，一群群的人在欢快地玩雪。我独自站在教学楼的走廊里，不是不喜欢玩乐，而是恍然间觉得，对洁白的积雪践踏或者抛掷，都是一种对美的恶行。

那个女孩在202路公交车站台给我打电话，是临近下午六点的时候。我飞快地跑出宿舍，不是急切想见，是对于寒风习习里等待的不忍心。

身影是熟悉的，所以会大声叫出名字来。她穿过半个贵阳，挤了两路公交车，花去一个多小时来，是不容易的。脸上却没有风霜，是很清浅的微笑。

说，非，这是给你的，这么冷的天，你需要的。

是纯白的围巾。看得出来是亲手织就的。递过来的时候，还带着温暖。

笑，是很浅淡的那种。心里，是忍不住的温暖暗流涌动着。

白色的围巾，也许象征纯洁的爱情。而我真正明白的，是一个人默默的关心。

冬天之后，便是春天。万物复苏的季节，充满希望和激情。却，不属于自己。

再次经历列车。从城市到乡村，再从乡村到城市。生活继续。

渐渐对这个地方适应。懂得在喧闹中寻找宁静，懂得在麻木里寻找感动，体味生活细枝末叶的幸福。

四季变迭，岁月无声。一个人，终是会对环境适应的。于是有了新的情感。这，大概也算是一种蜕变。

阳光灿烂的日子，一个人独自走在花溪河畔，细细体味风中阳光的味道。一个人行走，是有些许的孤独，却是因为生性喜欢独处。

不可否认，我的骨子里，流淌的是忧伤的血液。

有一天夜里，梦见年少的孩童，在乡村的田野里奔跑，真像多年前的自己。我走过去，清清淡淡的脚步跟在后头，不出声，怕惊扰一个孩子的奔驰。

他似乎知道我在后头，飞快地回头。我来不及躲藏，愣愣地和他相对。

他说，我来不及适应，你就长大了。说话的时候，目光是忧伤的。

我说，我来不及抓紧，你就走远了。

醒来。夜，静。

我不明白。梦中的那个小孩，是我，还是我梦中的小孩。

生活继续。

欣喜或者悲伤，都是一个人的战场。

我在这里，七月的花溪。

深夜醒来，窗外的天空是暗的。夜。静悄悄……

我翻开日记本，轻轻写下：落花成溪的忧伤……

那朵忧郁之花曾经盛开过

"如若这些冷清的夜晚，都有属于你的声音，我将变得温暖。"想起青遥的时候，玛吉想。

音乐在陈述古旧的故事，层层覆面而来的，是关于青遥零碎却铭心刻骨的记忆，像看不见的微尘从天花板坠落，弥漫玛吉风尘之中回望的双眼。

"玛吉，你真是美丽的女孩。"玛吉记得晴天曾这么说。是年少不更事的年月，彼此都还是幼小的孩童，一起上小学。时光匆匆，成长突兀地来临，身边的人来来往往，陪伴上下学的朋友换了又换。多年过去了，晴天去了哪里？玛吉不知道。

后来，玛吉有了新的生活，晴天早已在记忆里淡去无痕。

宝贝说："你就是一种花，一种忧郁的花，有着静态的不张扬的美。"玛吉看过那种美丽却叫不出名字的花，并且深深地喜欢上它。玛吉想，我会像那种花一样在忧郁中凋谢，但我想要像它一样尽情地盛放一次。

宝贝说："玛吉玛吉，给自己一场爱情吧，你会盛放的，并且永不凋零。"宝贝是跟玛吉一样年轻的女孩子，有好得足以让全校学生嫉妒的好成绩，会跳舞，能唱歌，写得出美妙的诗句。而玛吉呢，像一个静待开放的花骨朵，在属于自己的角落里，等待阳光和雨水的来临。她们是一对多么不相称的死党啊。

"我需要阳光和雨水，我需要盛开，像宝贝那样，光华四射地活在青春里。"

"你想到过吗？你就是我等待已久的阳光和雨水。我自己，都没有想到过。"

18岁说来就来了。生日的那天，宝贝开心地说："玛吉玛吉，我给你介绍一个人吧。"于是，玛吉成年的那天，遇到了青遥。

玛吉猜想，这个青遥也是忧郁的男孩子，有着与众不同的经历。除了亲爱的宝贝，他是第二个对自己说起自己那么多隐秘心事的人。因为这份信任，玛吉对青遥日渐依赖。在深夜里，他闪亮的QQ头像总会让她激动不已，他突兀却在她意料中的来电会让她感到永无厌倦的惊喜。那时候，虽然没有见到他的面目，玛吉却一日日地恋上青遥。

宝贝说："玛吉，你终于要盛放了。"夏日飘着柠檬清香的下午，玛吉在镜中看见年轻的自己，欣喜地告诉自己："亲爱的玛吉，你真的很美。"

问青遥何时相见，青遥说很快。"你是我的阳光和雨水，让我为你尽情盛放。"玛吉轻轻敲击键盘，心在深秋里颤抖不已，"你会爱上我吗？"青遥呵呵笑："傻孩子。"玛吉心里想："是啊，傻孩子，我真的是个傻孩子，可我只想知道，你爱我吗？"

第一场雪刚过，天寒地冻。玛吉的双手手背上几乎一夜之间长满冻疮，看得宝贝心疼。雪还没有融化的下午，宝贝在宿舍楼下用生怕别人听不见的高分贝声音叫着："玛吉，快出来！"玛吉窝在被子里不肯动，大声回应："不去不去，冷呢。"

　　那时，青遥正站在冬日的寒风里等着，他给玛吉送手套。玛吉在宝贝的拉扯下终于站在了青遥的面前，宝贝说："玛吉，这是青遥。"

　　你现实的面孔突然被隐去，一切如梦，一张年少的脸跃入脑海……

　　"玛吉，我是青遥。"青遥笑着说。

　　寒风吹过，青遥高大的身躯正好替玛吉挡住了寒冷刺骨的风。玛吉激动地看着青遥，成长后棱角分明的脸上还有那年夏天那个男孩的影子。

　　"原来，你是那年的晴天！"玛吉兴奋得快要飞起来。记忆中的少年，就这样再一次意外出现。虽然时间让彼此都有所改变，当年的小男孩晴天也换了名字，长成眼前这个叫青遥的男子，可对视的那一瞬，

　　青遥笑了，那微笑让玛吉温暖。时隔多年，再相见，青遥送的手套温暖了玛吉整整一个寒冬。之后，玛吉才知道，原来彼此从未曾远离。小学、初中都在相同的学校，而现在又在相邻的学校。知道这些，玛吉又抱怨地想："你一直离我不远，只是，为何你从不靠近？"

　　是那样温暖快乐的时光。春天一同出游，青遥总是细心地照顾玛吉；青遥在球场上所向披靡，下场时总是开心地享用玛吉买的饮料；青遥总会在深夜来电话，说起家庭、学业、未来，以及和父亲的矛盾……

　　玛吉清醒地记得，有一个深夜，他们在电话里聊到彼此几乎快要睡着了，青遥突然说了一句："我想好好地守护着你！"玛吉顿时清醒无比，却只听得见青遥轻微的呼吸声。

　　玛吉以为，这就是爱情了。

　　现世安稳。青遥的变故来得突然，一直不喜欢的父亲突然死亡。原谅我毫不避讳地说出"死亡"这样的字眼，青遥那些触目惊心的句子突

然让玛吉心疼，那一刻她有想要抱紧他的冲动，告诉他："如果可以，我愿意给你所有的温暖。"

不便提及爱情的年代，任何变故都是灾难。是某个时候，他们不得不说到爱情，关于彼此。因为玛吉知道，自己像那种无名的小花，总有属于自己的花期，不容错过。青遥的目光里有了躲闪的意味，青遥的声音像那时的季候，让人颤抖。青遥说："玛吉，我们这不是爱情……"

青遥突然消失不见，他们都说，青遥去当兵了。是为了向父亲忏悔，还是躲避他认为不懂事的玛吉？玛吉悲伤地想："也许全世界的人都知道青遥的行踪，就玛吉一个人不知道。"

多年过去，痛依旧，情已成殇，想起来，该是记忆里挥之不去的那一句"我想好好地守护着你"在作祟吧。

流年如水，尘世苍茫。这年春天的某个夜晚，玛吉终于第一次对别人说出关于青遥的故事。时间是刀刃，会削去往日的疼痛。暗夜里，面对闪亮的电脑屏幕，突然之间很想知晓青遥的消息。

夜深之中，玛吉喃喃自语，说着青遥永远也听不着的话。

"时光远去，现在的你，是否还是那年的自己？而我，早已不是那时你说的长不大的孩子。"

"你离开的光景里，我遇见很多人，可是再也没有一个人，可以在深夜来电告诉我隐秘的心事，可以轻声唤我'美丽的玛吉'，可以在寒冷的冬天送来温暖的手套……"

有一天，他们都会忘记彼此，有新的生活。爱情呢？那时青遥说不是爱情的爱情，再也长不大，它会在流年里安静地消隐，像死党宝贝用以比喻玛吉的那种小花，安静地开放，然后凋谢。

那年夏天的海岸线

那时候，天刚好下着雨，很小的那种，却让人感受到冰冷——不，确切地说，是凄凉。是六月的下午，在天气预报里本该晴空万里的日子忽然下起小雨，细小的雨丝朦胧地罩在视线里，小小的县城在细雨中静如处子。车辆、行人、房屋、行道树……一切的一切，似乎都被雨拦在了你我之外，只剩下你前我后安静行走的画面，渐渐地沉淀在流年逝去的记忆里。世界，就那样静默下来。

在小县城破败的客运站里，你肩上大大的画板看起来有些碍眼，即将跟随你远去的行李在我手里，沉重极了。你不说话，径直地一个人安静地在前面走，头微微低着，是我一直喜欢的样子。我的心里突然响起一句恍若隔世的话——你，真的像个从《诗经》里走出来的女子。

我记得以前你读古诗，说喜欢《诗经》里的女子，说的时候正巧略微低下头去，我忍不住说："你，真的像一个从《诗经》里走出来的女子！"你忽然抬起头来，流转的目光比《诗经》里的任何一句诗都还要婉转，像水一样将我包围，问我真的吗。我仓皇出逃的目光看向远处，用侧脸回答你直愣愣的眼神。"是啊是啊。"那时候突然有列车从不远处的铁路上驶过，像只慵懒的大虫，喘着气经过阳台上我们年少的目光。你叫着："哎呀哎呀，火车呢火车呢！"

我一直不明白你为什么会对火车那么兴奋，每天都可以看到的火车你每看见一次就会兴奋一次。你不知道，在我眼里，你一直都是个单纯的孩子。

然而，有那么一天，你看着即将消失在视线里的火车说："我有一个梦想，就是有一天坐上火车，走遍世界的每一个角落。"那时候我傻傻地接过你的话："那怎么可能啊，只坐火肯定是走不完世界的。"

你问为什么，我说至少还要轮船、飞机啊。现在想来真是可怜，那时候我们真的年少无知，不知道有一天这些于我们而言充满吸引力的交通工具将带给我们离别的忧伤。只是，离别，来得太过于突然，在我们都还来不及长大、来不及谈及爱情的时候，突兀地来了。

"呵，离别，就是为了相遇。"等车的时候，你忽然说了这么一句，打破彼此之间的沉默。我笑，说："什么时候重逢呢？"真是傻孩子，这么遥远的话题，被我一下子就点出来了。你微微抬起头看向远方，就像那年初次见面你昂头看我的样子。那时候我们彼此不认识，你在那个婆婆妈妈的老编辑的带领下走到我面前，昂起脑袋，问我："你是若非？我们同校啊！"是的，我们同校，却不曾相识，你画你的插画，我写我的稿子，突然有那么一天，小县城的那本内部刊物要搞个采风，于是不懂美术的我和对写作不感冒的你就那么突兀地认识了。你十七，九月；我十七，五月。我说："叫我哥。"你固执地说："不行。"时隔四年，你那时候的声音还在耳际回旋。

在一切离别的话语卡在喉咙里说不出来的尴尬气氛中，火车很合时宜地嚎叫着来了。不说再见，大大的画板遮住你略显单薄的身子，消失了。只记得，车远行的时候隐约听见你的声音。"若非，等我画完人间所有美好的风景就回来。"我等你，我心里说。忽然想要哭泣，重逢是多么宏大的一件工程啊！年少的我们，是在给对方承诺吗？没有人回答。世界忽然变得喧闹，那么多人离开，那么多人回来，到处都是脚步声，你远行的脚步却再也听不到。

年华如光，成长似梦。

四年后的今天，我在这个陌生的城市想起你，想起离别时你的那句话——若非，等我画完人间所有美好的风景就回来。亲爱的小孩，这世界那么大，那么多的风景，你画完了吗？你一会儿在西安，用带着历史书香味的信笺给我写信，告知你的近况；有一段时间在杭州，说给一些杂志画插画，生活平静，你泰然处之；最后一次你来信，在西藏，人似乎瘦了很多，骑在马背上笑得那么开心，信上说：若非，我怀念小城的那些年。

小城的那些年。多么遥远的事情啊！

时光之中，我们的岁月逐渐远去。那年属于我们的阳台，现在早该被新的孩子占领了吧？曾一起走过的那条路，还在吗？小小的县城，应该有属于他自己的变化吧？就像你我，在时光里，褪去年少的无知和青涩，长成新的自己。你说呢？

新年的夜晚，你的短信来自我不知晓的远方，长长的祝福后面，是晏几道的诗句：从别后，忆相逢，几回魂梦与君同。我的心微微地颤动着，你一语中的——从别后，忆相逢，几回魂梦与君同。只是流年如水，时光苍茫远去，我都必将有自己新的生活，为新的梦想拼搏，有属于自己的爱情，甚至家庭。只是，在茫茫的人海里再相逢的时候，还会像那年初相遇一样，询问对方是那年的少年吗？那时候，彼此又会是什么样子呢？

我推开巨大的窗户，举目处，是贵阳静默的夜。烟花在远处绽放，很快就寂灭，真的像我们短暂的青春，一晃而过的相遇。不远处传来婉转的音乐，一个男子温温软软地唱道：那是我们都回不去的从前/当你站在那个夏天的海岸线/我们还是心里面/那个偏执的少年……

记忆，一点一点，涌上心头。

你看你看时光的脸

四月初夏，日子渐暖。你穿过人来车往的街道，走入雨季烟雾缭绕的弄堂，那些旧的物景横亘在记忆和眼前。一场回忆的旅程被无意拉开，旧事像细微的尘埃，落在年轻的额头——

那年，背着沉重的行李，经过四个小时的颠簸，把自己抛入陌生的小县城，举目一无所知。初到陌地的深夜无法入睡，听许巍干净而有力的吟唱，关于青春、前程、梦想……次日醒来，换上笑脸，告诉自己，要努力学习，要认真生活。那时候，所租住的院子里，有十来个一般大的孩子，一样的来自乡村，一样的生涩懵懂，都是为了梦想而走出乡村的孩子，你们相遇，抬眉露笑间尽是羞涩。呵呵，那时候，你十六岁，一个不懂事的孩子。

军训之后，真正的高中生活开始了。是秋天下午，你们走出县城，在乡野的路上尽情地奔跑、腾跃，开怀大笑，说很多话。一群年少的孩子，不知未来尘世苍茫，只是忘情地享受自然，珍惜友谊。

这是多么久远的事情啊！

那年夏天，一个朋友因病离开。消息传来，原本吵闹不堪的教室一下子死一般的寂静，不知道是谁率先哭出声来，接着一个、两个、五个、十个……最后，整个教室变成眼泪的海洋，悲伤和惋叹弥漫其中。已经很久没有那样真实的痛哭，不为别的，只因悲伤不可抑制，只为纪念珍贵的友谊。

高一，高二，高三……时光是绵长的阶梯，无论你是否努力，总是要不断地向上爬行。

上课，考试，放假……生活是纷繁的剧场，无论你是什么角色，总是要品味其中滋味。

考试失败后的失落，喜欢的人一个眼神带来的欣喜，朋友支持的话语给你的感动，孤寂的寒夜对家人的想念……你看你看，时光的脸在记忆里轮换。悲伤的欢快的落寞的自信的，时光的脸，扑面而来。

那个可爱的女孩，总是在炎热的午后走到你面前，眉目低垂，嘿，我们散步去。你享受那样的时光，彼此之间有很多话说，总是感觉意犹未尽，太多话来不及表达，并期待下一次她的靠近。突然多了些流言，关于你和她，说早恋。班主任来了，威胁说要告诉家长，你们惊慌失措，却也很纳闷：这是爱吗，不是爱吗？多年之后，你依然无法给自己明确的答案，而那年的女孩，早已不知道身外何方。

总有一些人，在生命之中，留下不可抹去的痕迹。那个嚣张而独行的少年，是全校师生眼中最坏最无可救药的人，劣迹斑斑，而你们却成为了朋友，在高二匆忙的生活里，他成为最独特的一道风景。如果青春里走过的每个人都是一朵花，他必定是最与众不同的一朵，开出最特立独行的光芒。他不教你抽烟，不带你喝酒，要你好好上课，会在别人欺负你的时候勇敢站出来，哪怕面对老师的误解，他也能无所顾忌地说，老师，他不是这样的。可是亲爱的，现在他哪里去了呢？

时光的脸没有停止轮换，你看你看，是另一个少年。因为文字，你们认识，彼此在不同的高中，却总是见面，相互传看对方的文字。他有温驯的脾气，说话的时候轻言细语，写得柔软的诗句，也会构建吸引人的故事情节，那时候的约定是，以后一起在文字的路上相携而行。年华流转，成长未央，当你写下这些回忆的时候，他在充满刺鼻气味的实验室里忙碌，短信里说，写实验报告呢，比诗歌散文还难写。

你看你看，时光会改变每一个人的脸。

而你，还是那年的自己吗？

高考是个沉重的名词，提前一年撞入生活。于是开始麻木的备考生活，三点一线机械地活着，疲惫不堪的时候，找一个朋友拼命地聊天，或者把自己关在黑暗的房间，大声唱着喜欢的歌。

那年冬天极冷，却没有雪，大家都在等待，等到放假，等到春节，等到返校，等到所有人都绝望了，依旧没有看见白色的精灵，只是冷，让人发抖的冷。开学之前补课的某个下午，是谁发出惊喜的声音，呀，下雪啦。全教室几十双眼睛齐刷刷地望向窗外，洁白的雪花不知何时弥漫天空，地上已经有了薄薄的一层雪，那个下午老师突然说不上课，带大家在雪地上尽情地玩乐，将高考的阴霾忘却……那是备考期间最快乐的记忆，然后，坠入无边的紧张的岁月。

十八岁生日的那天，深夜被吵醒，朋友们已经在事先准备的蛋糕上点燃蜡烛。在生日快乐歌声里，泪流满面。那时候离高考正好一个月时间，你许下那个没有说出口却人人尽知的愿望，露出幸福的笑容。然后，是兵荒马乱的高考。毕业会、传照片、合影、写留言……一切重复着以往的毕业情节，再之后，等待，拿着录取通知书踏上远行的路。

回忆就此打住，像一场黑白老电影戛然而止，你在现实中的小小弄堂，抚摸那些旧日的痕迹。你看你看，时光的脸，从未消失，在你成长的路上，时刻提醒你那些不可忘却的岁月。一步步慢慢前行，曾经租住的小院早已被拆除，而脚下还有多年前留下的脚步。

　　安静地转身，离开，融入车流喧嚣……

青春没有不老的面孔

一个人坐火车，去很远的地方。在列车上听喜欢的歌，看倒退而去的风景，想念一些人，偶尔掏出笔记写诗或者记录心事，旁观更多远行者的神情和内心，捕捉着狭小的空间无限的可能性……

独自旅行的时候，突然想起这样的场景，是年少时候的梦想。心里莫名恐慌，因为转眼多年过去，天真幻想梦想生活的小孩，已然长成了独自携带生命和日常远行，在不同的城池里孤独行走，收集别人的开心和悲伤的男子。如若回到当初，定然欢喜得不行，因为终于可以过上自己梦想的生活。可是，青春没有不老的面孔，我们兴许还能在脸际发现些许时光未及摧去的童颜旧样，却无法否认内心发生的质的变化：彼时的梦想，已一一实现，彼时的心情，遁去无终。

我因此想，是否适当的梦想，应该在合适的时机去实现，才能得到自己想要的收获？比如，饥饿的时候，吃一个土豆都是美味，在富裕的年代，却没有那样的美味。成长亦如此。

有这样的朋友，十六岁的年岁，疯狂爱上一个学长。后来学长高中毕业北上求学，她不顾一切，于高三的寒假坐了三十多个小时的火车，站在他面前，大声告诉他：我喜欢你，就不怕旅途艰辛，要当面告诉你。在寒冷的北方，他给她最大的拥抱，她因此而幸福落泪。虽然他们最终没有在一起，各自有自己的生活和爱情，但是那一路旅程和他的拥抱成为成长里温暖的记忆。她告诉我，能供我们疯狂的年月少之又少，不如就疯狂一次，算对一场暗恋的报答吧！

一个读者对我说她的往事：年少的某一天，突然想要放纵一次，挣开课本和作业的枷锁，于黑夜中翻过栅栏，独自在大街上行走，看生活了十多年的城池在夜色中沉睡的模样，躺在城市公园长椅上看星星、大声唱歌，清晨时分疯狂奔跑，迎着初升旭日给暗恋的隔壁班男生发短信，说出内心的喜欢。她说："我不害怕夜深的城市，我只害怕瞬间苍老，来不及体味这放纵的滋味。"

青春没有不老的面孔。若是想要谈一场恋爱，就破除心底的枷锁，告以喜欢的那个人内心的爱，用青春做筹码，以年月做匙，饮一饮爱情的酒；若是想要独自远行，就趁着夏天未尽，独自带上梦想与青春，去看看这个世界，和路上的人们对话，彼此交换温暖与祝福，和这个世界来一次温和的交流；若是想要有一次放纵，那就在适当的时候，抛开课本和作业，在KTV的包厢，放弃固有的姿态，发泄内心的那些小罪恶……

在刚刚好的年岁，做刚刚合适的事情，本身就是一种美好。

青春没有不老的面孔。那就出发吧，为了心中的梦想，趁着青春的容颜未改，趁着年少的火未及熄灭，趁着我们还能敏感地感知这个社会。

小先生

　　流年婉转。多年之后，也许我们会相遇，在人潮拥挤的某个转角。那时候，你我神色惊愕，也许还会熟悉如当初，拍手叫出道：你好，小先生！

　　也许，你我形同陌路，彼此擦肩而过，消失于拥挤人潮。没有人再记得你我。

　　也许再相见。

　　也许，永远不见。

　　你好，小先生，原谅我多年后的这个下午，才写到你。

　　此时九月即将结束，难得"3+7=8"的中秋、国庆长假即将到来，因此寝室只剩下你一个人，而走廊空荡，只有穿堂风兀自来回。于寂静中，我想起你，想起我卑微的笔，从未为你写过一个字。我终于写到你，只因为这寂静太沉重，瞬间觉得你一直在身边，于寂静中打量着我，好像一直在看着我这些年的生活。

　　小先生，此时，你应该在这个世界的某个角落，选择安静得足以吸引路人的咖啡店，素描你看见的一切；或者在流光溢彩的舞台，声嘶力竭唱出心中的梦想；抑或在孤独的路上，一个人去看这个世界的悲哀与美好。这些年，你的画笔已经少了当年的锐气，但更多一份睿智和平和；你的歌声依旧嘶哑，但更多了温和；你的行走依旧孤独，但更多去关注温暖的事物。这是时间给你的财富。时间都给予我们最好的礼物，让彼此成长，彼此在独立的生活中学会更多东西。

你马上二十三岁，我也是。在过去的二十多年里，我庆幸有你，陪我一路行走。但是我并不知晓，你在哪一年离我渐渐远去。

如今我在贵阳花溪的这个山上，大学四年级。读书，写作，恋爱，无所事事。更多时间用来浏览网页和独自散步，在网上知晓山下的事件，通过散步去观察更多人内心的喜悲。而你呢？

我记得那些旧日里小小的小小事件，他们被我们写在如今泛黄的记事本，成为你成长的编年史。

小先生，原谅我，在你不在身边的这些时日，独自温习你的过往。

你出生在那个两县之交的小小村庄。那一年，改革开放的号角刚刚吹响；五月你出生，那时候，海子已经在山海关卧轨自杀一月有余。你的村庄狭小，屋檐低矮，父母平凡。童年的更多时间，你在山间与老牛、虫子、草木为友，平凡度过，独自倾听大山的沉默，树木的呓语，牛羊的抱怨，鸟虫的聒噪，这样的生活持续很多年。

在贫瘠的年代，你曾暗恋同村的一个女孩，并在每天放学后跟在她的身后回家。你曾打湿她的衣袖，神色慌张用手去帮她擦拭，却反倒打湿更多地方。你也曾耍流氓，在黄昏的村口使劲抱住她，吓得她大哭，从此见你就跑得远远的。

十三岁，你离开小小的村庄，到远处的小镇求学。每周不行山路数小时，回家取维持生活的微薄魏永，背着沉重的食物返回学校。

几年后，你坐上拥挤的大巴，出发去往县城。你的行李瘦小，几本书，几件衣服，和一张录取通知书。在秋日的下午抵达，你在灰尘飘飞的小客车站，不知道前行的路。

时间记下你那一刻恐慌，你是个来自乡下的孩子，在求学的路上路过小小的县城，在人们质疑的眼神中不知道下一步迈向哪个方向。

……

在笔记本上，你写下优美的诗篇，有隐约忧愁。小先生，你有多久没有看到这样泛旧的事物？

如今那些字迹都早已模糊不堪，但是你写他时的情况，我们都深深记得。那时候在课间，忘记是谁从旁边一把夺过你的记事本，大声朗读那些诗句。所有人都那么安静，他们知道，那些都是你内心里流淌的声音，所以无人敢打扰。

有人鼓掌，欢呼。人们惊奇发现，身边有这么一位有才的同学。他来自乡村，因此文字饱含泥土的芬芳。他们说，做一名诗人，其实挺不错的，浪漫，又有内涵。我在旁边看见你眼神抵制，你态度坚决，抢回记事本，说，不。你于是开始各种计划，要学习美术，以后一边走一边画，画下这世界上所有的美景；要学习音乐，用嘶哑的嗓子唱出青春的梦想与苦痛；还要独自去旅行，在不断前行的路上，体味孤独的味道，遇见生命中必将遇见的人。

我没告诉你，我其实一直在写诗。那一年，你我高一，你对别人的赞扬不屑一顾。而我，在夜深人静，独自写下那些句子，这些事情无人知晓。

小先生，那是我们年少无知的年岁，渐渐地，青涩从我们的脸上褪去。在镜子里，我们看到自己身子日渐强壮，而内心也越来越叛逆。你变得更加的张狂和嚣张跋扈。当着全班人的面，和班主任吵得不可开交，最后班主任要你请家长，你却从未请过。全班人都要求被剪头发，只有你固执如老家的小牛，生生地扎疼了班主任老师的眼睛。

你不知道，那一次看你摔响教室门跑出去，把一群莫名其妙而惊愕不已的同学留在教室里，我当时心里有着奇怪的滋味，心想，亲爱的小先生，你为何一定要这样叛逆和固执呢？

小先生，有一个秘密，我现在要告诉你——其实我一直都知道，你喜欢班上的那个女孩子。

她眉目清秀，话很少，身子瘦而单薄。但眼神温暖，看得出内心有孤独，向往人群，但自我隔绝。

而你每一次和老师作对，和同学打架，或者摔门出去的时候，我都会看到你刻意地朝她一瞥。我一直没有说，亲爱的小先生，那些年少时候的情愫，我知道但未必得说出来，你喜欢她就喜欢吧，这样安静地喜欢一个人，其实挺好。

后来，一个暑假后，她不知去向。没有留下任何消息。

我看见你眼神里的忧伤。那一段时间，你突然就乖巧很多，不再顶撞老师，也不无事生非和同学发生矛盾。我突然明白，你那么多的叛逆，无非是想让一个自己喜欢的人关注到你，既然她已经不在，你就会收起锋芒。

老师和同学都感到奇怪。好像曾经的你死了，代之的是脱胎换骨后的你。认真学习，不旷课不迟到，不做一无是处的那个自己。

但是，这些她再也看不见。

时间过得很快。转眼，就高三了。

我们都全身心投入到备考中。我看到你眼神里的不安，是啊，那些慌乱是年岁，你过多地叛逆，使自己荒废学业，成绩一落千丈。事实上，我并不认为你一定要考个好成绩，因为我一直深知，你有自己的坚持和梦想。

可是，你想到了远在乡下的家人，想到一路走来的不易。在我手里的记事本上，我看到你写下这样的话：如果可以选择，我必然会做一个乖巧的学生，这么多年已经为他们努力过来了，剩下的光阴，我还得为他们去努力。

一年后，高考。你我都败北。

在乡下低矮的房檐下，爸爸没有过多的言语，说："补习吧！"

我有些倔强，其实我早已厌倦那样的生活。爸爸火冒三丈。"要么补习，要么专科，总之别想跟着别人出去打工。"

你看，这就是我的父亲，从未读过书自己名字都不知道怎么写的一个中年男人，斩钉截铁地定义了我的选择。

一个月后，我坐在补习班的教室里，开始疯狂学习。我的骨子里遗传了父亲太多倔强的因素，所以我强迫自己，同样不给自己退路，英语单词背下一页就撕掉一页。每日眉目低垂，不说一句嚣张的话，穿行在小小的县城里。

学习，学习，学习。忘我地学习。而你，不知身在何方。

小先生，那时候，你在哪里？

你是否也一直在守望我，看着我忘命学习是否有过心疼？

小先生，夜深人静，你是否也想敲响我的房门，问我，你是否感到累？

再过一年。我来到省城贵阳，在这座山头蛰居。写作，学习。偶尔怀念你。

这些年，我在这所学府里，过着平凡的生活。爱过一些人，经受小小的成功和失败，也曾选择独自远行，在火车上偶尔想起多年前的你。

我不知道你在哪里。但是我一直感觉，这么多年了，你从未远离我。在这世界的某一个角落，你一直在守护我。

小先生，请原谅我的煽情，你就是我心中回不去的那个角落，但是也永远不会被磨灭掉。

你不知道，我多么羡慕你。其实我一直都想成为你，去画画，去唱歌，去独自旅行，为了喜欢的女孩叛逆到无人理解，和老师顶嘴，和同学打架。

小先生，你说多年之后，我还会遇见你吗？而你还是当年那个有棱有角，过着自己的生活的那个你吗？

小先生，但愿时间只能改变你的容颜，而不改变你的心智。这样的话，无论多少年，我依旧会记得你，在茫茫人流中，依旧能一眼认出你，那时候，我会叫出你的名字，问你：非，这些年，你好吗？

如果可以，我将选择一个安静的角落，看你画画，听你唱歌，听你讲述这些年独自走过的路。

然后告诉你，一个从未说起的秘密：小先生，你就是曾经的我。

所有悲欢
都是一个
人的灰烬

我依旧习惯这样的生活，独自面对季节的变迁，体味生命的光彩与凄寒。然后在一个个夜深人静时分，沉默着写下生命的美好：关于爱、成长、梦想……

我又一次，选择了独自出行。

在2011年末的冬天，寒气肆掠这座南方的城池，而我只身乘上火车，前往从未抵达的地方。在贵阳火车站，进站的一刹那，有种奇怪的错觉，仿佛身后有人送别。回首间，却是苍茫的人群，拥挤着挥手，大声说出告别的话——没有一只挥舞的手属于我，没有一句送别的话，说给我听。我一直是孤独的前行者。

在火车上，沿途的风景都是从未看过的，我突然想要给Z发短信，告诉她，我在远行的路上，我不知道终点是什么样的，甚至未曾去想像过它的模样，同样，我也不知道归期何如。Z并没有回复短信，而我早已习惯了这样没有回复的短信。

有时候，你想要把自己的生活告诉别人，仅仅是想而已，并不是想要别人渗入到其间来。因为告知的目的已然达到，所以不在乎是否有回复，是否有参与。

火车停下。是晚上九点有余，在小城的火车站外，接站的朋友冷得发抖，这让人感动——我其实只是个简单的路人啊！剩下的几日，在小小的城市里，辗转着见一些人，深夜在街边吃烙烤喝酒，大中午在酒吧唱歌到想哭。再然后，独自乘上火车，回到贵阳。这样的相遇与别离是简单的，对于一座城池，走一趟的意义永远都只是做客，我无法参与它的生活，无法体味它细枝末叶的幸福与疼痛。

城市如人。有些人也是这样的，你永远都无法参与他的生活，你的意义无非是，交错，远离。每个人的生命都是一辆火车呀，路过数不清的城池，直到报废，才会在其中一座城池停下来，消解于此。

新旧年交替的除夕之夜，接到小绝来自杭州的电话。她说祝福，告以我新年快乐，声音轻盈动听，这让人幸福。她是我的读者，读高中的女孩，会在夜深人静时提醒我早点休息，会关注我写下的每一个字。

那一晚剩下的时间被感叹充斥着。一年的光阴，像黑白的老电影，在眼帘里无声地播放着。那些说过的话，做过的事，走过的人……都是生命中经历过的最真实的镜像，早已刻进记忆深处。我想起三月初的阳光里，在古色古香的小镇面对古墙许下的心愿；而九月在贵阳街头的风中走过的背影，同样深入骨髓。这些都是生活所必须经历的呀，无论疼痛快乐伤害，都是我们成长所必须走过的风景。

在除夕夜安静的房间里，我有些激动地写下一些句子，给流年里面的人们，给自己：

给予所有理应得到温暖的人们

拥抱。无论贫穷或富贵

都应该，在一朵花的微笑里

获得快乐和祝福

玛吉说："若非，我羡慕你，活得安逸，死得随性。"这样的话语让人触目惊心。

玛吉是一个曾经向我讲述故事的女孩。在书写她故事的时候，我曾感同身受地参与到她的成长，因此在对话中，总能感觉到一种放开的轻松。她又说："喜欢看你的文字，可以让我冷静甚至冷血，可以为人间写点赞歌不？"

我告诉她："我不是随性，我是任性。并不是这个人间缺乏赞美，而是赞美都不是文字所能做到的，我只是习惯任性地书写真实的人生，并从未想过它的残酷和冰冷。"

事实上，我真的是一个任性且固执的孩子。我总是固执地选择一个路，不留后路地走下去，比如远行，独自去看这个世界的美好与荒芜。有时候，自己给自己造一座城，进去后，独自面对孤独与凄寒，再也出不来。我记得Z就曾经告诫我，若非，以后不能再这样固执了。

可是，固执是我骨血里面坚硬的石头，虽然经历世事，却无法改变。我一直是我，真实的自我。

我的胸前戴着蛇生肖的平安符。在刚刚过去的寒冬里，它总是时而冰冷时而温暖地与我肌肤相亲。它坚硬存在，似乎是为了留下来，见证小寒的预言。

"你生命中不缺少爱，只是缺乏相近的灵魂，因此你此生命定孤独。"三个月前的某个下午，小寒在贵阳火车站前203路公交车站台说出这句话的时候，活像个巫师，她的话就像诅咒。

在独自坐公交车回学校的路上，我的耳边回响着小寒的话，恰巧天光大暗，山雨欲来。公交车路过中槽的时候，我抬眼看见坚硬而色泽灰暗的铁路桥横亘在天空里，突然感觉到一种荒芜，巨大的悲戚自心底升腾而起。仿佛一瞬间，小寒的预言就被应验：有种错觉，被置身时间慌乱的轨道，我在奔突的列车上不知所终，无论过去、未来都是虚无不堪……

而当下呢？当下我是流年里的时间游戏者，一直没有找到举着花等待我带她去流浪的女孩。而孤独是我骨血里面生长出来的天性，是伴随此生的符咒，无论谁在身边，都无法体会这种苦难。

"因为爱，我们存活于世。"这是什么时候写下的句子呢？忘记了。然而我偏爱于它。

我坚信自己的存在，是因为爱。然而我终将独自面对生命的苦难与幸福，这是爱所留给我的使命。学会成长，可以超越所有的爱与恨。

所有悲欢都是我一个人的灰烬。那些曾在我的人生中充当各种角色的人们，无论你们给予我的是欢笑还是伤痛，我都将满怀感恩之心。亲爱的，无论你是谁，无论你在这个世界的哪个角落，谢谢你曾陪我灿烂过。

而我将孤独行走人间，在一个个夜深人静时分将生命翻检，在时间的骨头上深刻地写下生命的训辞：爱自己，比做什么都重要。

　　返回贵阳的列车上，我一直在想她的话。她说："若非，这尘世苍茫，总有一些人爱你，一些人恨你。有些人，像聒噪的小鸟，伴在你的身边给你热闹与欢乐；而另外一些人，默默无闻与你在一起，于你路过的路畔，给你以期许的目光，在你困难的境地，给你温暖的眼神……他们或许是亲人、恋人、朋友，或许只是路过的陌生人，但无论如何，于你有恩。"

　　她的话触动我，让我感动。我说："你也是这众多的人中的一个。"我离开的时候，对她说："我知道那些一直守护我的人，他们曾陪我一起，在生命之途中同行，这生命中短暂的相遇，足以灿烂漫长的一生。"

　　事实上，你们一直在，离我最近的天涯。

　　我叫她安，是众多网友中的一个，于深夜里抵达我的生活。和众多慕名而来的网友一样，她用QQ添加我为好友，问我："你是若非？"我给她以肯定的答案。她说："能遇到你不容易，我曾多次阅读你的文字，那些细节的描述，和贴近青春的情节，都让我着迷，但我明显感觉你的弊端，你总是不断往复进行类似的叙述，因为你的思维日渐枯竭。"

我想到正在写的小说，已经卡壳很久，再也找不到新的叙述方向。她是对的。我说："你说的极是，事实上，我早就处于瓶颈，不知道如何讲述新的故事，我是需要不断地寻求新的素材，才能维持我的故事，但最近显然不行，我已放弃小说很久。"

我们因此聊了很久，并形成一种习惯。不写小说的日子，我决定放松下来，写写编辑的约稿，以及一直以虔诚之心面对的诗歌，常常在深夜里独自写作。这时候，她会跳出来，和我闲聊，提醒我该早入睡。

那年冬天的时候，应朋友的邀请，离开贵阳去往那个城市，刚好是她蛰居的地方。我们寻得空闲，在黄昏时分约在路边茶点小坐。从未见面的两人，初时有些许的尴尬，感觉像见网友——事实上，也正是见网友。她是我众多阅读者中的一个，而我，是她不小心于媒体上撞见的一个觉得写的还行的写作者，因为这样的关系，在任何的交谈中，我们都不会介入对方的生活太多，不会仔细地区探知对方的生活细节。

她神色温暖，安坐我的对面，说："若非，你和照片上一个样。"我笑，没说话。我们后来谈及一些生活中的小事，因为阅读，她无意中知晓我身上的一些遭遇，所以谈论的时候，彼此都小心翼翼。未及夜深，我们匆匆分别，次日当地的朋友要去上课，又是她给我送行。

她说："若非，你我只是万千中相遇的两个人，平淡如水才是真，无论你以后如何，我依旧希望，能看到你的文字，因为它们会给我温暖。"我告诉她，文字的路上其实很累，但我会坚持，因为更多跟你一样的人，一直在陪伴着我。

06年的时候，我开始学习写作，在一些学生刊物上发表诗歌和散文。两年后，我在新浪开通博客，在上面发一些散乱的文字，但多半是不成熟的。

转眼间，好几年过去了。因为博客这个公开的平台，我结识了很多喜欢写作的朋友，但更多时候，是遇到那些关心我的读者。他们总有特殊的故事，让我坚信，其实这匆忙的时代里，每个人都有自己的故事。他，就是其中之一。

空闲的时候，我习惯打开博客，管理自己的文字园地。有一年的寒冬，我无意间在博文下看到他的评论："那天，很宁静的午后，她捧着这本杂志，轻轻地念着这些文字，我安静地听她的声音，从湖北传到湖南。从此，我记得，一两风，半场梦，亦记得若非。"是名字叫"醉步。寒生"的网友。他所言的"一两风，半场梦"是我一篇文章的标题。我看着他的评论感动，对于写字的我来说，文字能被人记住，又能给人以触动，是幸福的事情。我回复他："也许，于你而言，也是一段故事吧。谢谢你记得。希望我的文字，能给你，和很多'你'一些温暖。"我一直对我的读者，心怀感恩。

后来，偶尔会看到他的留言，但极少。话语少有修饰，但我看得出来是真诚的。直至再无消息，但是我知道，在这繁乱的芸芸众生里，这样跟我相遇的人很多，他们都曾对我付出真诚的关心。

多年过去了，我知道他一直在。我写这些文字的时候，特意去看了他的博客，阅读他的博文，文字简单细碎，但情感总于细碎之中得以练达。这些年，更多的"他"一直在。

雨加是多年前夏天的收获。她那时候是重庆某中学的学生，而我也还在方城的某个中学读书。

她给我写信，用色泽养眼的信封，告诉我她在杂志上看到我的文字，特意找了编辑部要我的地址，给我写信。写字给我带来的众多好处之一，就是经常收到读者来信，一般情况我都会认真地用书信回复，但是那时候正好繁忙，而她正好留了电话，于是就偷懒用电话联系，给她发了一条信息。

我们因为一部电影结识。是06年刘伟强执导的《雏菊》。我曾于深夜里在网吧把它看完，为剧中杀手、刑警、画家三人之间的纠葛而内心纠结，随后写下了那个被刊登出来的小散文。而她正好看过这个电影，且极为喜欢，看了我的文字，就给我写信。一切都这么简单。

那一年，我们都面临高考。彼此的交流通过手机短信进行，从未有过直接的对话。她关注我的写作，时常会问我是否有新作，而我因为有这样的读者而感动。我们甚至曾约定，她到贵阳读书。呵呵，那些年岁，总有许多天真的话以开玩笑的方式说出来。

进入大学，因为换了手机号，彼此失去联系。大一结束的那个暑假，在老家，突然收到她的短信，说暑假回家在家里的电话里翻出我的短信，这联系失而复得。我才得知她的消息，北上，在北方民族大学读日语。想起填志愿的时候，我差一点就选择了这所高校，心想是不是命中注定呢？

四年过去，我们早已不是当初的样子。唯一没有改变的是，我们之间一直保持着断断续续的联系，她曾试图让我于假期北上，说带我看看大西北，那样对我的创作有益。而我则厌倦长途火车，习惯短途独自旅行，彼此协商多次，终究一直未成行。

我们是这大地上独立的两个人，有简单的关系，又似乎有着千丝万缕的联系。我时常和朋友谈及西北，我总是毫无疑虑地告诉别人，我有很好的朋友在北方。我说的是她，但无人知晓。

我想，我们早已超越普通的读者和作者的关系，是多年来相互关照的好友。也许来路方长，有一天会在茫茫人海相遇，彼此会发现和印象中的极为不一样，但无论时间如何摧蚀彼此的面容和心智，都无法改变，这一路上曾有过的感动。

我说不上缘由地喜欢这个名字：青阳。

青阳。百度百科这样解释：青阳为上古传说人物。传说他是黄帝和嫘祖的长子，名玄嚣，号青阳，蟜极的父亲，五帝之一帝喾的祖父。

我相信作为女孩子的她，取名不会来自这样的典故。我兀自揣度为：青是青春，阳是阳光。朝气蓬勃，充满生命力。

她在博客找到我的时候，留言断断续续，穿插各种符号，提及我2010年的一个散文，告诉我她终于找到我。

我们的交谈总是陆陆续续的，只有周末她才可以上网找到我，给我说她的生活，而更多时候，她被禁锢于学校的宿舍，好好学习，天天向上。

她说："若非，你知道吗？我有三个崇拜的人，一个是安吉丽娜·朱莉，她教我怎么做一个好女人；一个是我们年级理科第一，他教我怎么不卑不亢；还有一个是若非，叫我怎样感受生活。"我呵呵笑，说："好吧，若非是幸运的。"她的话语自相矛盾，她又说："若非，我觉得认识你是一种幸运，但是我又不知道为什么，因为我并不迷恋你的文字。"相比那种上来就只会恭维的人，她有足够的率直和真诚。

她现在在某所中学读高二，一直误以为我文字中的花溪就是重庆的那个花溪，叫嚷着我去重庆的话她带我去花溪，而我则许诺她要是到了贵阳，我定然全程带她看看我所生活的这个花溪。但是我知道未来不可预知，我们也许都无法做到答应对方的，但是依旧愿意相信。

时间无涯的荒野里，因为这遇见，就足够美好。

有一年的夏天，我写下一个故事。时隔一年，书终于要出版面世。

她得知，开心地告诉我，说："哥，上市了我就去买。"我说："不用，我有样书，到时候给你邮寄。"她说："不，我要亲自去买，支持哥。"

她叫她心兰。湖南人，多年前认识，却不是因为文字，而是单纯的网友，后来才得知我写作，便一直关注着我。我们彼此通过很多信，在那些成长的年岁里，她的来信曾成为生活中的一种期待。

我也想起小绵，在杭州读高中的孩子，于新年凌晨给我打电话，传达祝福，告以我未来美好，需要我们大步前行。她期盼有一天我也抵达江南，在水乡婉转之中，荡一叶扁舟，也去看看她生活的土地。

有一个我至今记不住名字的网友，似乎也写一些文字，我曾在朋友编辑的杂志上看过她的诗歌，青春味十足。经常于夜深人静，给我发QQ信息："若非，很晚了，早点休息，晚安。"很简单的话语，再无他话。起初我每次都回复，因为在这庸碌一生，能有人提醒时日已晚，算是幸运。但他从来不回再说话，因之长久形成一种习惯，他夜深的消息都无需回复，但是我心存感激。

……

更多的人们，从未与我交谈，更不谈谋面。他们在这世界的任何一个角落，因为一句话，记住了我的名字。有时候，他们夹杂在汹涌的网民里，给我写一些话，说出自己对那些文字的欢喜，说出一些支持和鼓励的话语。除了我用心的回复外，他们并无法得到任何回报，而我却不劳而获一大堆的感动。

这些年来，我一直坚持在这条路上，从当初的一无所知，默默无闻，到现在拥有固定的一些读者，得到一些关注。路上自有艰辛，也有过委屈想哭和放弃，但想到那些从未谋面却一直和我在一起的人们，总会找到坚持的力量。

亲爱的，无论你身在何方，当你看到我写下的那些文字，它们或许稚嫩，但用心真挚。亲爱的，请你记住：我愿意坚持，写出更多的文字，给自己温暖，给你们温暖。因为过去的路喜悲同行，是你们给我辉煌。

而前路茫茫，你们一直都在，离我最近的天涯。

第二辑

温暖如你，纯真如我

笔友

整个漫长的夏天里，乔木都用黑色的碳素墨水在蓝色的信纸上给河岸写信。她乐此不疲，觉得这是人生一件非常重要的事情，因为开始写信之前，都要反锁卧室门，将杂乱的书桌收拾整齐，擦掉老木桌面上的灰尘，再正正经经坐下来，摊开一张信纸，一笔一划地写道：河岸，你好……

乔木是在期末考试结束走出教室的时候想要写一封信的。写给谁呢？她不知道。她对死党说，我要交一个笔友。对，就是笔友，同学中很多人都有笔友，每周一都看到生活委员从学校收发室拿来一些盖着邮戳的信函，大声喊，XX，你的笔友给你来信啦！

每当听到生活委员的声音，她就想，他们的笔友，会和他们聊什么呢？她对此充满好奇。

那天期末考最后一科，生物，试卷发下来乔木就不淡定了。乔木非常非常不喜欢生物，非常非常不喜欢，为什么不喜欢呢？乔木自己也不知道。总之她不想听课，不想看书，不想任何与生物课有关的问题。她喜欢语文，语文老师是长相好看的男子，讲课的时候很有磁性，让她觉得听语文课就像听一场唯美的音乐会。太享受了！乔木不止一次对死党说。

乔木还喜欢写作，在她是计划里，以后会成为温暖沉静的女子，在安静的南方小县城，河流边上有属于自己的小木屋，靠写作为生，谈一场平平淡淡的恋爱，对方最好是学美术的，对，就是那种清瘦又好看的男生，最好是语文老是那样的。这种想象，来自于阅读，来自于言情小说构建的文字世界。

考完试，乔木就知道自己完了，心里祈祷着，但愿生物不要不及格。考试完了，同学们都结伴出去玩耍，考完试终于可以好好放松，可乔木没有心情出去，她担心完生物考试成绩，又开始为笔友的事情心烦，她甚至买好了信封和邮票。可是，怎么才能交上一个笔友呢？在路上，心里不断冒出这个问题。

在市日报的的副刊上，她找到河岸。一首精美的小诗，署名河岸，文末留着地址，时图书馆。在此之前，乔木翻阅了卧室所有的杂志，都没找到一个称心如意的笔友。那些青少年杂志大多都有一个栏目，专属交友的园地，里面贴着照片个简单个人介绍，附上详细联系方式。可乔木看在眼里，都没有一个感兴趣。当她读到河岸的那首小诗时，突然眼前灵光一闪，知道自己要找的人来了。

那一刻，她内心激动，像关着一直淘气的小鹿。于是连夜下楼，去小区外买信纸，找到一本蓝色的信笺纸，雀跃地蹿回卧室。扑倒在书桌上，写道：河岸，你好……

因为激动，乔木一动笔手就颤抖地晃了一下，于是她撕掉换上一张新的信笺纸继续。整整浪费掉四张信笺纸后，她终于平静下来，把每个字都写得四平八稳又带点小雀跃，像那一刻她的心情。

在信中，乔木自称植物属性女孩，在市三中读书。十六岁，在报纸上看见河岸的诗歌，很是喜欢，幻想那样的句子，也由自己写出来，当美得动人，让人欢喜，说想和河岸做笔友，并辅以委婉征求的语气。

小区外三百米转弯，就有绿色的油桶，在晚上十点左右的路灯下孤零零如同时光里守望远方的老人。乔木把信塞进去的，心里雀跃地想，如果每天都往里面塞一封信，会把这个孤独的邮箱喂饱吗？

那是一个让乔木难忘的夜晚。多年后，她成长为亭亭玉立的女孩，每天收到一堆男生语气柔软的情书，早就对书信产生厌倦的时候，会突然想起那个夜晚，第一次给人写信，像进行一项庄严肃穆的仪式。

炎热的暑假开始了。燥热的空气和小区大妈的声音，一起抵达她。乔木，有你的信。

乔木穿着拖鞋，头发散乱，不顾母亲的追问，把上世纪八十年代色泽灰暗的老楼房的楼梯踩得啪啪响，像谁在激动地打着拍子，配合着她的心情。

信来自河岸。地址显示，市图书馆。

河岸说，乔木，我在下午五点给你写信，下班时间即将来临，偌大书库只有三两人在阅览，这一刻我感到美好，是因为我们未曾相识，仅仅因为我涂鸦的一段文字而得以认识，这就是缘分的美好。他说，我在图书馆工作，每天穿梭在书香之中，犹如春日漫步花海，这让我感到满足，不知道你是否有这样的幸福。他说，想来你是天真善良的女孩，才会习得我诗歌中的那一种美，它们曾不止一次让我感到激动，甚至手舞足蹈，像个孩子……

乔木很是开心，她没想到，几天就收到她的信。其实，家离图书馆，慢慢步行，也不过四十分钟。可她喜欢这样的感觉，知道图书馆不远，但感觉河岸遥远飘渺，有一种神秘和美，让她幻想。他们来来回回，说些闲碎的话语，吐露生活中的喜悲。乔木渐渐习惯上这种书写与等待的生活，像独自正在进行一件私密而美好的事情。

我非常讨厌生物。乔木决定和他说说讨厌的生物，我不喜欢生物，不喜欢生物课，不喜欢生物老师，甚至不喜欢生物这个词，当我给你写信，当我写到生物，我内心都是烦躁的。在这些话的字句之间，乔木小心翼翼地画下一堆表情符号，有开心，有难过，有放肆的大笑，有害羞的捂脸。

你知道吗？我小时候极为喜欢生物，比如小动物，比如植物，我做过很多植物标本，甚至也做过一只蝴蝶标本。但我不喜欢数学，每一堂数学课都让我昏昏欲睡，我告诉你这些，是想让你知道，我们面对世界，总有喜欢的，也总有不喜欢的，这原本很正常。但有些我们不喜欢的，并不能抵制，比如生物课程，你需要学习它，才能更加完善自己的知识结构；再比如吃饭，不能因为不喜欢吃就不吃……

随信，河岸附了一张树叶标本，上面写着好看的小楷，简单一句话：去战胜它，而不是回避！

成绩单送到家里的时候，结果果真如同所想，生物成绩在及格分数线以下，冷冰冰的数字如同父母恨女不成器的眼神。我依旧讨厌生物，又一次没有及格，可为什么我的名字叫乔木，乔木，木本植物的一个分类，植物属性。在信里，乔木对河岸喋喋不休。她弄不懂，拥有一个植物属性名字的自己，为什么那么不喜欢生物。

有相当长的一段时间，河岸没有回信。这段时间乔木心慌慌像丢了东西，每天坐在窗前看书，夏天的风热腾腾地从外面吹进来，风声总是让她幻听，好像楼下正有人喊着她的名字，说，乔木，有你的信。

河岸去哪里了？他是不是出什么事情了？为什么这么久没有回复我的信？乔木会心里自问。

雨滴落在窗台上，水珠溅在脸上，凉凉的。风吹云散，烈日再一次爬上高空，天空湛蓝如同忧郁内心。日子一日日往后退去，原本漫长的暑假，竟然飞一般地消逝了一大半。

乔木突然想，去找河岸。这个想法，把她自己都吓了一跳。信件来往那么久，他们都不曾知晓对方的长相，如果突然出现在彼此面前，会是什么情状？

河岸终于回信，信封很大，拆开来，有各种小植物的茎叶和根须，在书信上逐个介绍，属性、功用、习性，一一详解，有的可入药，有的对身体益处多多。他说，植物都如人，有性格与灵魂，你看这些植物，多么可爱。信里，河岸告诉乔木，回乡下老家一些日子，每日在乡间与草木为邻，微风中都是植物的吟唱，他喜欢透了这样的生活，回来的时候想及乔木，顺便采了些回来，让这个城里女孩，也循着这些移动的植物，闻一闻遥远的乡村夏日里弥漫青草的味道。他说，你会爱上它们，一定会！

乔木端详那些已经干掉，被特意压过的茎叶和根须，眼前逐渐浮现蔓延山野，风吹低一片青草，远处的高大乔木在风中轻轻摇摆身体，像和着缓缓曲调舞动的曼妙女子，美极了。梦醒来的时候，夏日清晨，凉凉的微风正拂动窗帘，像柔软水波在风中荡漾开来，有一触即碎的柔态。有一刻，她宛然身在远离闹市的山间，身在一间小木屋中，窗外就是阵阵松桃，山峰正放肆地从窗户灌进来……

我想，我爱上你所说的生活，河岸。在信里，乔木语气激动，连画了四个开心的表情。当乔木将信件塞进邮筒的时候，黄昏正好不紧不慢地抵达，夕阳柔柔地照着她的脸，眯着眼的她，看见夏天，已经向远方溜去。

那年夏天，乔木第一次感到时光短暂，想要让它再漫长再漫长一点。但你来我往的书信传递中，时光终究抓不住，夏天悄无声息地过去，暑假也结束了。

新学期第一节生物课，走进来神色温暖的男子，语气随和，介绍说，是新的生物老师。他点评全班学生上学期的生物考试，说到仅有的几名没有几个的学生时，语气缓慢，把每一个的叫了一遍，热心细致。轮到乔木的时候，他站在讲台上，笑着说，生物课程并没有你们想的那么可怕，爱上它，如同爱上你自己。

乔木心中一动，这些话，听起来温软顺耳，她笑了笑，说，我会努力的。

课后新的生物老师走到乔木面前，询问她关于学习的事情，轻声告诉她，应该好好学习，说全班那么多人都能学好，只要努力，都可以学好的，都会在学习中体会到生物课的乐趣。

他转身的时候，一阵似曾相识的植物气息扑鼻而来。乔木止不住喊道：河岸——

什么？他回过头来，反问道：河岸？你也喜欢苏童的《河岸》？

他神色诧异，像个陌生的闯入者。

乔木说：额，额，是啊！

蝴蝶

七月，暮雨。热气腾腾地压下来。一只蝴蝶飞到窗玻璃上，扑打着翅膀。我来不及打开窗户，它就飞走了。它停在不远处的树叶上，在雨雾中轻轻地扇动翅膀，我看得见它的眼睛，扑闪扑闪的，好像在说话。

屋子里也有蝴蝶，它安静而听话地躺在那里，在我伸手可及的地方。那是一只蝴蝶标本，多年后的今天依然安静地躺在一个精致的玻璃盒子里，透明的玻璃盒被我用胶水粘贴在床头的墙上，没有事做的时候我就躺在床上，看着蝴蝶发呆。

安静的蝴蝶，真的很像记忆深处那年翩然而至的女孩。

那是年少无知的岁月。我因为家里贫穷，贪玩，成绩不好，一直被同学们嘲笑，渐渐就变成了同学和老师眼里的"坏学生"。上初中以后，我依然不改坏习惯：逃课、破坏公物、欺负女同学……因为这样，全班没有人愿意和我同桌，只好一个人孤零零地坐在最后一排。

初二开学的那个夏末，班主任带着一个皮肤白皙的女孩走进教室。"同学们，这是从县城转学来的胡碟，大家可以叫她小蝶，以后她就是这个班的一部分。"全班人齐刷刷地鼓掌，我的掌声淹没在全班人的掌声里，连自己都听不清楚。班主任转头对女孩说："现在座位紧张，你先到最后一排的空位上坐着。"于是，胡碟成了我的同桌。

那一年，我十四岁。胡碟多大我当时并不知道，整整一个月里，男同学们都想方设法和她搭讪，就我不敢和她说话。我怕她也像别人一样，看不起我。

一个月后，一天下午，胡碟竟然带了一只活的蝴蝶来教室。上课的时候，我看着蝴蝶突然说："真漂亮。"这句话被老师听见了，他看见了桌面上的蝴蝶，一口咬定是我带进去的。按照老师的意思，从县城转学来的成绩优秀的学生胡碟怎么会在课上玩蝴蝶呢？我没有争辩，默默地接受老师的惩罚——打扫教室卫生，因为我知道没有人会相信我。下午放学后，我从楼道里把水提到教室，发现胡碟正在清扫教室。她抬头看我，说："我害怕老师，所以不敢承认。"那一刻，我就原谅她了。

打扫完教室，她说："要不我送你个蝴蝶标本吧！"

"蝴蝶标本？"我听都没有听过，"什么叫蝴蝶标本？"

"就是，就是……，唉，我也不知道怎么给你说，等我做好了送给你你就知道了。"

那天之后，我们就成了朋友，她是因为爸爸降职才转学来的，在小镇上没有朋友，班上的女同学都嫉妒她有漂亮的衣服，说她爸爸是贪官，不和她说话；而我，作为同学和老师公认的最坏的学生，自然被其他人看不起。后来老师调座位，要把她跳到前面去，没想到她拒绝了。老师有些生气，指着我问她："难道你想让他影响你的学习吗？"她不说话，就是坐在座位上不动。老师走后她对我说："你是我在这里唯一的朋友，我不想跟别人同桌。"

就这样，我们成了最好的朋友。胡碟的成绩很好，好到让全班人羡慕嫉妒，下课后，大家在玩的时候，胡碟就会转头对我说："来，我教你做题。"那个学期，我的成绩奇迹地从倒数变成了中等。发放成绩单的时候，班主任眼睛惊得大大的，直问我是怎么学的。只有我知道，这一切都是胡碟的功劳。

第二个学期，胡碟依然是我的同桌。她答应送我的蝴蝶标本一直没有给我，后来她给我说："是想送你的，但是做一个蝴蝶标本就要杀死一只蝴蝶，我不忍心。"我说："那就不要做了，蝴蝶好可怜啊。"那时候我并不是可怜蝴蝶，而是因为她的名字叫胡碟，和"蝴蝶"谐音。一个学期里，在胡碟的帮助下，我的成绩突飞猛进。这让同学们都很嫉妒，他们私下里传，说我和胡碟是一对。班主任闻风而动，找我们俩谈话，我们都矢口否认。但是流言并没有停止，同学们依然私下里津津乐道地疯传着。好在流言并没有影响到我们的友谊，胡碟一如既往地帮助我学习。初二升初三的时候，胡碟考了年级第一，我是年级第十，全班第三。

炎热的假期结束后，回到学校却发现我的左边空空如也，胡碟不见了。后来老师说，胡碟她爸爸调回县城了，她也跟着转学回县城去了。初三快结束的时候，收到胡碟邮寄来的礼物，是一个漂亮的蝴蝶标本。胡碟在信里说，标本是用了一只在暴雨中被冰雹击死在她们家窗台上的蝴蝶做的。从那以后，这个蝴蝶标本就一直陪着我，度过初三岁月。

中考后，我义无反顾地填了县城的学校，我以为在县城可以见到胡碟。可是上高中后通过多方打探，我才得知，胡碟在中考结束的那个暑假去登山，不幸摔下山崖，离开了人世。

她就是我的蝴蝶，像第一次出现在我们面前一样，在我不知道的年月里，飘然地离去了。

又开始下起了小雨。我回头看了看床头墙壁上的蝴蝶标本，再回头望窗外的时候，树叶上的蝴蝶已经不见了。蝴蝶，总是这样悄无声息地消失在我的生命里。

　　雨，一下子就朦胧了整座城市的脸庞。

遇到她之前，乔不是一个好学生。

那是在老家县城读高中的日子，离家求学，被人看低，时日久了，变得暴戾反叛。成绩不好，打架，吸烟，逃课，破坏公物，欺负同学，顶撞老师，上课睡觉或打闹……能想到的缺点，乔身上都找得到；能想到的坏事，都被乔干了。

乔因此臭名昭著。老师不喜欢，每次试卷发下来，总是用鄙夷的眼神看他，平时上课教育他人，也总是含沙射影，指桑骂槐，把他摆在道德教育的负面。同学们对乔避而远之，没人和他说话，没人愿意和他同桌。乔倒好，乐得轻松，一个人坐在教室角落里，虽然被人忽略和遗忘，但乔并不觉得可悲，反而觉得这是一种唯我为王的状态。

在相当长的时间内，乔沉溺于这种状态不能自拔。直到她出现，乔才发觉自己的可悲。

高二下学期，新学期开始没多久，春暖花开，她穿着样式简单的白色连衣裙，出现在教室里，成了乔的同桌。天赐芳邻，她和乔这个坏学生成为了同桌。跟班上所以的男生一样，乔喜欢她。长相好看，又有气质，她一进门乔就心跳，等她坐下来，乔就坐立不安，浑身不自在。可她沉默少语，除了简单微笑，不说一句多余的话，而一贯喧闹的乔也变得安静下来。乔感觉，她将自己内心的叛逆，都压了下去。

不到一个星期，乔来不及和她认真说一句话，她就被班主任刻意调到前面去了。从此，每天课堂上都留给乔一个好看的背影，看得乔心痒、着迷，不知日月几何。

野百合也有春天，坏学生也有爱情。正是情窦初开的年级，乔一发不可收拾，爱火喷涌，决定给她写情书。熬了一夜，密密麻麻歪歪扭扭地写了好几张信笺。可是，次日怀揣情书走进教室伺机给她送情书时乔才突然，曾经那个打架敢和老师顶嘴的自己，在她面前，竟然是个胆小鬼。从早晨课前阅读到课间休息到中午到下午上课再到晚自习，乔竟然缺乏勇气走过去把情书给她，手紧紧捏着衣兜里面的情书，抬不动腿，紧张紧张流汗。

一天下来，那封情书原封不动地躺在衣兜里，被流汗的手捂得暖暖的。每一天都是如此，乔不停写，就是送不出去。每天起大早到教室，想放在她的桌箱，又怕被人看见；每天留到最后想趁她单独一个人的时候给她，却发现每天她都和死党同进同出……

终于有一次，乔抱着豁出去的心态，趁着晚自习结束后最后一个一个人离开时飞快地把信件放在她桌箱里面的一本小书里。那天晚上，一个问题纠缠着乔，当第二天她看到自己的情书会是什么反应呢？惊喜，然后回信，和自己在一起？还是恼羞成怒，把情书交给班主任，于是自己又一次被叫进学校思想教育科的办公室？这问题让乔忐忑不已，难以入睡。

第二天上课的时候，乔一直从侧后面紧张地盯着她，但她却动也没动那本书。那本书整天都放在那里，等到晚自习结束，她收拾离开，那本书依旧像往常一样一动不动地躺在那里。

一连几天，都风平浪静。乔不知道，她是不是看到了自己的情书，但又没有勇气，去打开那本书看看情书被取走了没有。

很快，一个学期结束了。最后一堂课后，等同学们全都走完了，乔才决心打开她桌肚里面的那本书，发现自己的情书原封不动地夹在里面。那些写满乔的暗恋的情书，竟然没有送出一封。等到新学期开始，教室里不见了她的踪影，老师说，她转学省城了。乔因此而失望了好久，把那些情书压到了箱底。与此同时，乔惊奇地发现，为了送情书的那些日子，我慢慢习惯了一种与以往完全不同的生活，每天最早到教室，最晚离开教室，而发下来的成绩也表明，乔的成绩也好了许多。

不知不觉间，乔竟然成了一个安分的学生。

她消失了，乔的生活就空落落的，没有了送信的寄托，又回不到以前为非作歹的生活。为了填补内心的空虚，乔只好花更多时间来看书学习。他从没想到自己能那么下心学习，做题，记单词，背书，疯了似的。老师和同学都对乔的变化感到不可思议，甚至怀疑他精神出了问题。

一年后，乔高考成功，成为一名想都不敢想的大学生。大学中，乔继续努力学习，偶尔想起她，怀念那些暗恋的时光。后来，乔也有了属于自己的爱情，也给恋人写情书。而当年送不出去的那些情书，被乔夹在日记本里，舍不得丢。

数年后，在实习中突然遇到她。模样变化不大，更加漂亮动人。他们在街边的茶舍坐下闲谈，谈起乔的变化，她也惊讶失声。她说："其实我发现了那封情书的，还带回家偷偷看了一边，虽然很感动，但我不知道怎么办，所以放回去，假装一直没有看到。"

乔微微笑，无言。时隔多年再次相遇，乔发现，时间已经淡化了年少的爱情，内心喷涌的，更多的是感恩。我们都不去追究当时的心情，因为当时她看到与否，回信与否，答应或者拒绝，都不再重要。而幸运的是，在那段暗恋中，自己从一个坏学生慢慢变成了一个好学生。

　　是暗恋，让人成长。是哪些没有送出去的情书，陪伴乔完成新的蜕变。

红色高跟鞋

像出现的时候一样，杨牧云踩着一双高跟鞋，在"哒哒哒哒哒"的声音中，走出了我们高二（1）班，也走出了全班数十人的学习生活。她的那双大红的高跟鞋，有着跟她一样的骄傲，跟她一样高调的习性，和一样引人注目的色彩。而她去了哪里呢？她的骄傲的黄色高跟鞋，将在什么地方继续骄傲地绽放色泽呢？没有人知道。

杨牧云在高二（1）班只呆了不到三个星期。

也就是说，一个星期都不到的时间。对于漫长的高中生涯来说，杨牧云在我们班呆的时间，实在是短之又短，可大家却记住了她。一方面，大约是因为她漂亮，无论在哪里，无论什么年龄群体，长相出众的人，总是容易被记住的；另一方面，和她特立独行却又高调的性格有关，沉默少言，却从不掩饰自己的光彩，男生们想不关注，都不行；三方面，她的红色高跟鞋起着功不可没的作用。

来到高二（1）班的那天，杨牧云就是穿着一双红色的高跟鞋的。在富于节奏的清脆的"哒哒哒哒哒"声音中，杨牧云走进我们班。她本来就长得高挑，加上穿着那么一双高跟鞋，整个人就看起来更高了，美的面容加上高挑身材，瞬间就摄住了全班人的眼睛。

而讲台上的她，并不惧怕这个陌生的新班级，一副傲视群雄的模样，缓缓地说，大家好，我叫杨牧云。

男生们低声嘀咕，美女呀，看起来好成熟。

班主任喝止起哄的男生们，指了指教室里的空位，对杨牧云说，你去坐着吧！

哒哒哒哒哒——

杨牧云走过的时候，高跟鞋发出的声音，好像伴奏一样，配合着她移动的身姿。不像在走路，倒像在进行一场精彩的演出。

杨牧云有多少红色高跟鞋呢？谁也不知道。

总之除了体育课，她都穿红色的高跟鞋，鞋跟的高度不一，款式各不相同，唯一惊人的相同就是，这些鞋子都是大红的颜色。

每当教室外传来哒哒哒的声音时，谁都知道，杨牧云来了。于是男生们放下正在看的书，停下正在玩的游戏，挣开闭着的双眼，迎接杨牧云的到来。

杨牧云看到男生们都盯着自己，不脸红不心慌，目不斜视，像眼中没有一个人一样，依然挺立身子，在高跟鞋敲击地板发出的声音中，走到自己的位置。

她像一朵独立又清高的水仙，开在高二（1）班这块说不清楚是肥沃还是贫瘠的土地里，在她的身上有一股神奇的力量，吸引着全班人的关注；却又有着一道无形的墙，将其他人都隔在她之外，只能远远地观望，靠近不得。

这让人想起课本上《爱莲说》里写的那样：可远观而不可亵玩焉。倒不是说杨牧云有多神圣高贵，只是说，她像亭亭玉立的莲一样，清远离于常人，使人难以靠近。

相反，杨牧云在很多老师的眼中，都不是好学生。不用谁开口，单单科任老师上课时或者校园里遇见她时看她的眼神，就明显写满了鄙夷。对，是鄙夷，在这所百年老校里，每一个学生都在为梦想努力着，他们遵守一切校规校级，不迟到不早退，乖乖滴过着自己的中学生活；所有的老师都呕心沥血，兢兢业业，只想多让学生学一点，让自己所在班级的升学率高一点再高一点。

在这样的环境里，杨牧云走到哪里都像一颗尖锐的刺，深深地刺着全校师生的眼睛。

很多人猜想，杨牧云是有来头的。不然，全校那么多人打扮平平，为什么就惟独她可以如此高调，甚至可以说是过分呢？

杨牧云才来两天，就有上级教育部门要来学校检查。作为百年老校，县级重点高中，一年接受几次领导检查、兄弟学校考察等，是再正常不过。

班主任特意召开班会，对全班苦口婆心，要求所有学生注意礼貌，见到检查组都要毕恭毕敬鞠躬问好。同时，作出硬性要求，所有学生都必须统一着校服，男生不许留长发，头发长了的赶紧去剪掉；女生不许穿高跟鞋，戴耳环首饰。否则一经查到，即重罚。谁要是影响了学校形象，使学校通不过检查，即刻记大过，处分记入个人档案……

当班主任声嘶力竭说着这些严厉的要求是，人们纷纷把目光投向后排的杨牧云，按照老师说的要求，最应该大整改的，就是她。可杨牧云心不在焉地侧脸望着窗外，像其他人包括班主任都不存在一样，好像班主任说的这些，都与自己无关。

几天后，当检查组来学校的时候，杨牧云正好请假，没来上课。整个高二（1）班，作为唯一的高二文科火箭班，情况极为正常，数十人服装统一，连抬脸迎接检查组的眼神和表情，都像经过训练一样惊人地类似。

杨牧云再回到教室的时候，检查组早就离开了。她依然像没事一样，穿着红色高跟鞋，踩着节奏和谐的脚步声，走进校门，穿过操场，穿过走廊，走进高二（1）班教室。关于她在检查组来时请假的事情，大家一致认为，是她故意的。甚至，这个举动和班主任有关，因为班主任在要求别人如何做的时候，眼睛看都没看杨牧云一样，好像这些事情用不着她做什么。

第二个星期，周二下午，课间时间，突然从门外走进几个小混混模样的少年，他们染着红发，嘴里叼着烟，大摇大摆地站在讲台上，肆无忌惮地扫视教室里的人。

所有的人都被吓坏了。文科火箭班的人，没有一个不是想好好学习考大学的，所以他们从小就远离社会，被掩埋在厚重的教科书和无边际的题海里，大部分人都没有接触过这样的社会上的小混混。

几个小混混嚣张地流连在课桌间的过道上，东凑凑西凑凑，拍拍这个的背，拉拉那个的头发，有点像香港电影里那些社团的人。他们倒没提出什么过分的比如收保护费之类的要求，也许仅仅是在外玩腻了，翻墙进学校里，戏弄一下这群乖乖的学生娃。

被他们戏弄的女生们都不敢出声，男生们则你看看我我看看你，不知道如何是好，大部分人也都低着头，一副各人自扫门前雪，不管他人瓦上霜的姿态。毕竟是少不更事的年岁，未曾经历这样的事，缺乏胆识和勇气起身对抗。

哒哒哒哒哒哒——

是高跟鞋的声音，叩击地面，发出清脆的声音，由远及近地传来，越来越响亮，越来越清晰。

从洗手间回来的杨牧云，一瞬间就吸引了小混混们的注意。当她走进教室的时候，怔了一下，显然没想到教室里竟然会有这么几个明显不是校内学生的人。而小混混们也显然没想到这群乖乖学生娃中竟然有这样突出的人。

在过道上，两个小混混一前一后围住了杨牧云。

哎哟，美女。他们不让她走，期待在她脸上看到委屈恐惧害怕想哭的影子。

杨牧云并不和班上其他人一样，她正色道，请你让开！

小混混们并不打算让道，他们挑衅地说，就不让！

杨牧云连续说了几声"让开"后，只听见一声尖锐而痛苦的大叫，其中一名小混混痛苦地蹲在地上，使劲揉着自己的脚。随后，距离近的同学们都清楚地看见，杨牧云提起穿着高跟鞋的一只脚，狠狠地踩在了另一个小混混的脚上。

教室里一阵惨叫。小混混们相互扶持，落魄地逃出了教室。

所有人都像杨牧云投去了敬佩的眼神。

而杨牧云，看着小混混们一瘸一拐地消失，也不说话，转身走到了自己的座位上，神色平淡，像刚刚未曾发生什么。

从一开始，杨牧云就不像是高二（1）班的学生。高二（1）班是文科火箭班，每个人都努力地学习，惟独杨牧云心不在焉，自顾自地一个人呆着。上课的时候，老师不会提问她，集体活动时班主任安排事务，也不会点到她的名字。她从不参与班上同学的谈话，不参与集体活动，也许在她心里，这些人也都不是同学。

她一如既往，穿高跟鞋，踩着响亮的脚步，进出高二（1）班的教室，一个人，看起来有些落寞，神色里，却无处不洋溢着自己的精彩。她脚下换来换去都不会改变大红色彩的高跟鞋，也跟她一样，绝世独立，无与伦比，孤独而又精彩地在教室里数十双鞋子里，孤零零地突兀出来。

杨牧云到高二（1）班第三个星期的时候，一天下午，班主任和一个中年男人走到教室门外，班主任对科任老师示意了一下，科任老师就停下了授课。就那样，在全班数十人的注目下，杨牧云轻轻收起书本，起身，目视前方，迈开步子，哒哒哒哒哒，走出了教室。在教室门的地方，她好像轻轻回了一下头看了一眼教室里的人们，好像头也不曾回国。

那之后，杨牧云在没有出现。没有人知道她去了哪里。关于她走的那天是否回头看了教室里一眼，说法各不相同，终究没有一个确定的结论。

对于一些人而言，那天她回头了，看了一眼教室里的人们，眼神里闪过一丝不舍。但对于另一些而言，她则头也不回，决绝地将全班人抛在了身后。

后来，高二（1）班又隐隐约约地流传开一些与她有关的事，据说那天和班主任一起出现的人是她的舅舅，她被舅舅领走了；又说她本来就不打算在这个百年老校读书的，只是因为特殊原因，临时旁听些时间。

有一个说法比较靠谱，说她后来参加了地区旅游形象大使选拔，成绩不俗。这个传说被接受的面比较广，因为有人拿来一张报纸，上面刊有旅游形象大使选拔活动新闻，照片中一堆女孩中有一个，确实和杨牧云很像很像。

在忙碌的高二（1）班，人们很快就不谈论杨牧云的话题。对于他们而言，杨牧云远远没有课桌上一尺多高的题集和做不完的试卷重要，在快节奏的生活里，她很快就不再被人提及。

只是，偶尔，会有人于发呆中，突然想到"哒哒哒哒哒"的高跟鞋与地板合奏的声响中，那一双骄傲的红色高跟鞋，和它高傲的主人。好像，一双骄傲的红色高跟鞋，随时都会走进高二（1）班的教室里来。

南风知我意，吹梦到西洲

【南方】

南方小城。流水弯弯曲曲环绕，夜幕之中有人在河边歌吟，是一名老妇，低头捣着水，曲调温婉，唱词由地方方言组成，听起来模模糊糊，不甚明了。他懵懵懂懂猜测其中的意思：

良人呀你在何方，可否还在把我想？谁为你点燃红烛？谁为你关上窗？

良人呀你何日来？把门扉都推开。良人呀我已寒了心，良人呀今夜已冷了床。

河岸是流连灯火，倒映水中，细微荡漾。他在河边小坐，远处有成群的人围坐，在亭子中对歌。他听得懂，无非是些情人之间的推推嚷嚷，欲说还休。可唯有近处着似懂非懂的唱词，低沉婉转的曲调，让他沉默。

起身离开的时候，身后老妇的清唱，渐渐消隐。

从春日开始，他到这里已有三月。大多时候，他身居山中，一个小山庄，一家小旅馆，一间小房。没有网络，手机信号并不是太好。大多时间，他阅读，写作。一本小小的圣经摆在床头，每日读上数页，一日后又忘记之前所读的地方。

远方有来信，由在城里的友人代收。是在网上结识的，也写些东西，他因此而信得过。他有时候也给远方去一些信，定期去城里的咖啡店上网，通过网络传递稿件。他以此为生，已经数年。

她问他，你去了哪里？

在电邮里，她追问他的去向，语气中有不满。他默默关掉电邮页面，喝掉杯中残留且冰冷的咖啡。起身离开咖啡店。天空有大鸟孤独飞远。

三月前，他烧掉最后一本书，将自己打了个粉碎。走好。最后一句话，是说给她的。

她说，我知道你很好，可是我们真的不合适，像一场持久的冷战，看起来平平静静，多么安稳，可你不知道我多么贪恋那些放荡不羁的年岁，贪恋那些在不断前行的路上追求新的事物与新的可能性。我向往一切，而不是，跟你在这里，看你敲键盘，喝咖啡，这日子越是如水，我越是不喜欢。

我要去折腾的青春。她说完这句话，就出门去折腾她的青春了。

暮光之中，他在网上订了最近时间的火车票，一路向西，最终从东南海边到了这座西南的小城。为什么要来到这里？他不知道。最初的想法是，远一点，再远一点。换了三趟火车，每换一次，都问自己，足够远吗？

网上的友人，告知他此处有温暖的去处。就是这家小小的山庄。确实是不错的地方。

夏日。

每日晚上，他都要摸着黑，走一段山路。偶尔有摩托车疾驰而过。他在十来分钟的山路中，穿过黑暗，听着山峰呼啸山林，最后看见山庄的灯火，温暖地显现出来。

他渐渐爱上这样的生活。

【故事】

九月的时候，他决定去一趟北京。

第一次外出，找了很久才找到买火车票的代售点，然后再小巷子里买些特产。

有一个颁奖，在北京。有一些来自全国各地的友人要相聚，他寻思着，应该带上一些属于此地的东西，可供眼睛浏览，抑或是舌头品尝。

然后再网上订机票，从省城飞北京。

整个下午，他都坐在那家经常去的咖啡店里，听着舒缓的音乐，看着窗外发呆。这个偏远的小县城，车流不多，路畔树下坐着没事的老人，有人随意穿行马路。这一切和以往生活的城市，全然不同。

她在网上说，得知你也要前往北京，我很开心，我们将在北京见面，第一次。

他喜欢这个说话的女孩。虽然不曾见过模样，但文辞之中那种平淡和坦荡豁达，足够让她喜欢。事实上，他喜欢一切慢和简单的事物。步行，阅读，写作，思索。等等都不需要风生水起，不需要轰轰烈烈。他喜欢。

他看过她的一些文章。其中一些极为喜欢，一些有及不赞成。但这并不影响他对这个人的喜欢。

其中有一个故事，讲述一个生长在冰箱里的人，爱上了一个太阳下的人。他们每年冬天最寒冷的时候，才能见上一面，但他们并没有放弃对方，太阳下的人开始慢慢习惯冰箱里的温度，而冰箱里的也饱受痛苦习惯太阳下的温度，等到他们都以为在对方的世界与对方一起生活的时候，却发现自己再也不习惯原来的温度了，于是原本太阳下的人，成了生在冰箱里的人，而原本在冰箱里的人，却成了太阳下的人……

这是个怎样神奇的姑娘啊。他想。

她也看他的文章，最初的认识始于此。在杂志的编辑那里找到他的地址，给他写来信件。那时候，她还是某高校的学生。喜欢文学，把阅读当成生命中必不可少的一道美食。

她叫他大叔。是比较时髦的称呼，在信件里，"大叔"这两个字，时刻都带着温暖。

有一年冬天她说要去看他。正好是她的暑假。因为离得其实并不远，她乐于这么做。

你是我的偶像，我想去看看你，真正跟你面对面，谈谈我们都喜欢的话题。她说。

他拒绝。相爱数年的女友，正在身边浅笑，开玩笑说就让人家来吧。他终究不允，说喜欢我的文字就行，何必要见，再说缘分到了，自然会在茫茫人海遇见。

那之后她才开始写稿。有时候会发些给他看，客客气气请他提意见。并渐渐在刊物露面。她出版新书的时候请他去首发式，正好有事冲突，他发去长长的视频祝福。

他们熟识已久。其实一无所知。

收起电脑的时候，他突然想想起以前对她说的话。

缘分到了，自然会在茫茫人海遇见。

【旅程】

从没有一次火车旅程，让他这样充满思绪。

来的时候浑浑噩噩，睡睡醒醒，竟然一路无梦。可回去的时候，短短三个小时，从县城到省城，他想起了很多事。

和她在火车上认识。

那一年二十来岁。暑假结束后返回北方求学。

在火车上，身边的女孩举着巨大行李箱托不上行李架，摇摇欲坠之际他趁势伸手托了一下，行李箱就稳稳当当上了行李架。

那一程十七个小时，硬座。火车走走停停，在不同的城市停留不同的时间，他们也就一路路断断续续聊着。原来这一路都相同，终点也一样，是同一个学校。累了的时候，她靠在他肩上，睡得很安稳。

下车后一起搭车去学校，到行李帮她放下行李后又一起去吃饭，饭后就在一起了。彼此都是旅途中拾得的珍贵。

往后的数年中，一直在一起。她欣赏他的才华，每一本书出版的时候，都会被她换上各种姿势当书模。他爱她，深知是心底认定的人。毕业后，双双回到东南沿海城市，他用稿费租下公寓，以写作为生。她在旅行社做导游，她喜欢在路上。

走过最难的路，是她供职的旅行社倒闭，而他进入写作瓶颈期，稿费收入低微，渐渐供不起公寓。那时候正好有人在追求她，是在带队旅游的时候认识的人，身世不可知，但仅从外表和谈吐看，是成功人士。

她经历过不少的追求者，但最终都留在他的身边，这一次也是如此。等到他结下稿费的时候，立马去做的事情，是去买戒指。求婚的时候她异常兴奋，说我知道总有一天你会如此。我等这一天，已经有些时日。果断而顺利地戴上求婚戒指。

旅行社倒闭后，她又换了一家更大的旅行社。毕竟是长相出众又有些才能的女孩，走到哪里都饿不死。她开始忙起来，不断接团，奔波在全国各地，游走于各色人物之间。

看过了那么多美景，终究还是对身边的人有了厌倦。

她摘下他戴上的求婚戒指。对不起。

他一时没控制住自己，随手将桌上的戒指丢出了窗外。是数月前的事情。

飞机两个多小时就到北京首都机场。说不清楚的第几次到北京了，每一次都是为了书的事情。这一次，是领奖。

但记得有一次。与她有关。是寒冬里。

是第一次出书的时候。出版社办了个小型发布会。那时候还没毕业，她陪他一起。因为出书前已经在杂志上发表不少东西，有不少读者莫名而来，问他各种奇怪的问题。

整个过程中，她一直坐在观众席上，微笑看着上面第一次面对那么多读者而略显窘迫的他。然后拿了一本书，书，亲爱的，帮我签啊。

他记得寒冷封冻这座城市。他们牵手走过北大未名湖面，看见有人在远处滑冰。一起躺在冰上的时候，她问他，爱我吗？

爱。

回忆如同一场盛大的幻觉。

他走出机舱。风一下子就吹暖了头发。有些时间没理发了。他记得，她小心翼翼帮他理发，抱怨他太不懂得照料自己，不会自己打理。

要勤理发，长发对眼睛不好。风一吹，他耳边就想起当时她的话。

【北京】

嘿。她叫他的名字。

他却叫出另一个名字，是同样一起领奖的女孩。他从未见过她，认错了人，颇为尴尬。她举起证书，在面前晃了晃，说，祝福我吧！

她说，一起出去走走吧！在黄昏到来之前，她来敲门。

北京一如既往阴沉，如同患了抑郁症一样。一起步行走了一段路，然后搭地铁去天安门。在广场上，散步。

从未想过有一天，我和你站在同样的地方，也拿你拿的奖。她说，我这些年的努力，只是为了有朝一日，有一个更好的状态，出现在你的眼前。

他一时无言，缓了缓气息，说，你所能拥有的今天，都是你应该得到的，我很欣慰我能让你变得越来越优秀，虽然这一切都是你所言，我自身并不这么认为。

秋日的黄昏，很快就降临在这座雾霾沉沉的城市，因此黄昏的到来，跟之前并没有什么一样。但天色越来越暗，是摆在眼前的事实。

他提议回去，这一路过来有些累，他需要早点休息。雾霾终究不能一起看一场美的黄昏，就让我们冒着着阴沉的天气，再多走一些路，好么？

他无言应允。漫步走上一条大道。然后下起雨来。他匆忙在旁边买下一把伞，但即便如此，依然无法阻挡风雨。

在快步去往最近的地下通道的时候，她紧紧揪着他的衣服，紧紧靠在他的身边，笑得很放肆。这场雨，真好！她说。

站在地下通道，他将伞撑开来放在地上，跺跺脚。啊？

明天会是一个好天气，因为这场大雨，相信雾霾中的这个城市，会迎来一个明媚的晴天，如同一个人一样，她将抛弃忧郁的内心。你说是吧？

雨一下就是一个多小时。天黑下来，灯亮起来。

有那么一刻，她靠近他。我冷。

眼神之中，他看到，她需要一个拥抱。这事我梦寐的事情，我信你懂，你懂。我出现在这里，在这个陌生冰冷的城市，不是为了和你一起在这里散步，不是如此。

雨唰唰地在数米之外下着。有短暂的一些时间，他感觉自己陷于一种迷幻之中，感觉她的任何气息，都让自己沉落。冷风一次次让他清醒。

雨停之后，他在路边拦下一辆出租车，把她塞上了座位。在酒店外的树下，她突然抱紧他，我确定我爱你。

亲吻的时候，他感觉万物飞走，周遭都在急速变动，无数的声音交合杂糅。

你爱我吗？

爱。

他一瞬间清醒了过来。

离开北京的时候，清晨。

前一夜的雨水，果真让这座雾霾中的城市，呈现出蔚蓝的神色。

在机场，接到她的电话。一早上没找到你，才听他们说，你有事提前走了，我找主办方要的电话，就想给你说说话。

这个城市难得如此之美，可是却没有陪我看黄昏降临的那个人……

他看见玻璃之外，有飞机轻轻滑动，从远方飞来的客机上，走下来一个个的人。远处有客机在跑道，随时都准备飞走。他说，谢谢你。

她在那边苦笑，一路平安。

再美的好天气，再美的好城市，再美的那个人，总是要离别的。

埋首在膝盖里的那一刻，他差一点，就掉下眼泪。

【停顿】

在省城小住。是早就有邀约，临时决定赴约，去省城的一些学校做演讲。

这祖国西部的省会城市，被群山回绕，绿树弥漫整个城区。

几所学校都散布城市的几个方向，因此他得以在最短的时间里，走遍了这个城市的各个方向。看过一群群年轻的面容，突然就想起那一年，在火车上，她在肩上安睡，最疲惫的时候，也死撑着眼皮，熬过一个有一个站。

年轻的时候做的事情，现在想起来是多么不可思议。但不后悔。幸好。

夜晚被短信提示音吵醒。是她的短信，在北京相见的女孩，说着句段温软的话。

我去看过这个城市的好多地方，每一个地方都曾被你看过，我在那些风景之中想像你就在我旁边，我照相的时候就会做出一个挽着人的动作，我买水的时候也特意多买上一份，我微笑的时候就会多一分柔情。

这些年，你都在，现在也是。我已经习惯你，为你变成现在的样子。你看，是因为你，我走上了你和一样的道路。今天我再一次去天安门，是我们一起散步的地方，又去一起避雨的地下通道，想起你还在我身旁。

你说，为什么我会如此迷恋你，我们不曾相遇，我就恋上你。我们相遇的时候，我以为你会跟我一样，报以同样的温情，此刻我不知道，是该幸运还是该伤心，我恨迷乱，但这一刻，我站在这庞大的城市的窗前，看着夜空朗朗，想着你在远方的城市，也盯着头顶同样美好的夜空，做着美好的梦，我就是幸福的。

幸运的是，我们共享这尘世所供给的美好呀！她说。

谢谢你这些年都在。

这些年，你并不知道我的故事。你看到的那一个我，和真实的我，完全不一样。最重要的是，我跟你一样，都深深迷恋一个人，不同的是，我们并没有相互迷恋。

很幸运你能走到今天，如果说是因为你才走到现在这样成功的路，我该感到幸运和欣慰。

你什么都好，可你不是那个人。

他说。

突然就陷入失眠。

于是打开酒店的电脑，进邮箱。以前的生活就是这样，每天凌晨之中，在电脑前书写故事，知道天亮，然后做早餐给身边的女孩吃，有时候送她去上班，有时候则洗澡休养生息。这个习惯在抵达小城住进山庄的那一夜开始改变。

邮箱里有不少来信。有的是喜欢文字的读者，说这些好听的话语，让人欢喜。有几封编辑的信件，约稿，抑或是催促写作进度，一边说着暖心的鼓励的话，一边不忘表明态度。

有她的心，再次问到身在何方。附件里的照片，显示这半年来所去过的地方。

你去了哪里？我在找你。

他没有回复。

有一个陌生的来信，说采用稿子，给他邮寄一份刊物。是陌生的人，没说刊物，没自我介绍。他没多想，默默地将地址输入，发送。

夜深之中，他想到，这过去的半年，如同生命的一个逗号。

真的要在这陌生的西部小城，一直住下去吗？

【归来】

第一篇秋叶掉落山间的时候，他穿着棉质长袖T恤，去山上散步。

看见远近的山峰，都黄了一片，穿插其间的是一些常绿的植物，很不合事宜。顺着蜿蜒小路，下山去买些东西，一些时常需要用到的物件需要购置，超市里也要采购写食物。照例去那家咖啡店，消磨一日剩下的光影。

然后趁黑回去，提着大大的袋子，有些辛劳。进入山庄的时候，看见熟悉身影，伫立于前方。头顶是山庄广场大灯，打在她身上。

我发了那么多邮件，问了那么多人，终究还是需要一场欺骗，才弄得到你的地址。她说，为了找到你，我不息假装编辑要给你邮寄样刊。

他沉默不语，像她走的时候一样，他一时无言。

她说，我走过那么多地方，看过那么多风景，才发现最美的风景，已经拥有过，失去了去哪里都找不到替代。所以，我要找到你。

我在这远方的山里，生活安稳，过得也清闲，自有我的快乐，为什么不能允许我拥有一个平静的生活，当初做了决定，不要再来彼此纠缠。

他第一次掉下泪来，这一切太戏剧化了，他写过那么多故事，却无法适应这生活的可能。他写过那么多温暖的话，自以为把自己也温暖了，她站在面前的时候，才恍然发觉，一直都未曾温暖。

他步履坚决，目标明确。有些痛，经历一次就足够了。

她在身后，扬起手。声音撕心裂肺。

我花了一个下午，才在池塘里找到这枚戒指，我戴着它找到这个陌生之地，不要让我空着这个无名指回去，好么？求求你。

风一直在吹。

秋日沉沉，夜色笼罩山庄。旁边小楼传来歌唱，依旧唱词模糊：

不问你那路上花可多，

只匆忙折被，下水入锅，拾柴添火。

他瞬间被融化。声音颤抖。

天凉，屋子里温暖一些，我可供你一件外套。

还需一个怀抱。她奔跑过来。

温暖如你
纯真如我

这一季草木丰茂，雨水充足，一整个上午，小县城都被雨水笼遭，空气中弥漫着潮湿的雾气。待到下午放学，天气才呈现晴好，雨后的路面蒸腾热气，露出一块块斑驳的被阳光晒干的地面。

十七岁的姚紫坐在用纸巾擦干的花台上，怔怔地看着前方，身子轻微地晃动着。微风骤起，空气中弥漫花香，不远处树枝微颤，树叶上的水将落未落，像扭扭捏捏的女孩儿，忍了好久，终于嘀嗒敲碎地面。

姚紫脑海里，想起下午最后一节课上，班主任提高分贝大声把何小晴叫上讲台，大声宣布，各位同学，我郑重宣布，咱们班派何小晴为代表，参加全校的朗诵比赛，大家掌声鼓励……

在啪啪啦啦的掌声中，何小晴眉目低垂地站起身来，在座位上左顾右盼，寻找到姚紫的眼神，投去骄傲的神色。至少那一刻，于十七岁的姚紫而言，何小晴的神色是骄傲的，好像在说，看，我就是比你要优秀！

"为什么一切都是她最好？"风一下子淹没了姚紫的自言自语。

从小，邻居们都说，哎呀，你看人家何小晴，人漂亮，成绩好，懂事。这些话，每一次听在姚紫的耳里，都像刀子一样，让她心里难受。

姚紫和何小晴从懂事起就认得了。

他们是一个院子长大的孩子，以前住在老院子里，后来搬家，竟然也搬在了同一个小区同一栋楼的同一层。这一切，真的是太巧合了。巧合到，姚紫以为这一切是何小晴的父母故意为之。从小人们都觉得，何小晴就比她姚紫优秀，也许她的父母也这样想。

为什么一切都是她最好？这个是个被姚紫追寻了很多年的问题。自从六岁时一起学钢琴那时候开始，这个问题就一直困扰着她了。六岁，由同一个钢琴老师教钢琴，钢琴老师当着双方父母夸奖何小晴有天赋的时候，姚紫还笨拙地在琴键上比比划划。

一年级，开学第一天，老师拿出一只纸折的千纸鹤，对小朋友们说，谁要是站起来唱首歌，我就把这个送给他。姚紫很想站起来，可她又害怕，担心唱不好被新同学们嘲笑，好不容易下定决心打算举手的时候，坐在旁边的何小晴就以迅雷不及掩耳之势站了起来，扯开嗓子就唱了起来。那时候，姚紫心里想，何小晴，我一定要超过你。

四年级，一起参加全区作文大赛，作文题目叫，我的故乡。也不知道出题老师脑子被驴踢了还是怎么了，一群小学生哪里来的故乡。姚紫绞尽脑汁，都不知道如下下笔，那时候她们还住在老旧的大院子里，哪里来的故乡？好不容易胡编乱造交了稿子，出来的时候看着何小晴一脸轻松，说："我觉得题目好简单呀！"结果自然是何小晴出足风头，一举拿下第一名，照片和获奖作文还登上了区里那一张黑白8开小报纸。姚紫呢，仅仅获得了一个鼓励奖。那时候，姚紫心里想，哼，弄虚作假，胡编乱造，矫情。

唯一的一次超越何小晴的机会，发生在五年级。那年期末考，全班语文成绩都一概不好，仅有两个人及格，其中一个，是姚紫。让姚紫骄傲的是，何小晴竟然也没有及格。这让姚紫心里开心了很久，知道报仇雪恨一洗悲屈的机会来了。当姚紫抱着奖状回到家里，展现给爸爸妈妈看，一脸期待等着受夸的时候，爸爸妈妈发现了一个让姚紫伤心欲绝的事——班主任在写奖状时，把姚紫的名字写成了"姚梓"。第二天，何小晴像知道班主任写错她名字似的，一脸得意地笑着说："姚紫，加油哦。"

加油哦！在姚紫看来，她像知晓一切，心中明确，平凡的自己再怎么追逐，也跟不上她的步伐。

初中，很不幸，她们又在了一个班级。开学第一天，何小晴趾高气扬地走在前面，衣服光鲜，微笑迷人，像高傲的公主。姚紫呢，背着沉重的书包，走在身后，低垂着头，浑身上下怎么看怎么普通，像是前面何小晴的仆人一样。"哼，你有什么值得骄傲的，花瓶。"也不知道，是什么时候习得花瓶这个词的，以为何小晴这样的人，就跟花瓶一样，好看，但没内涵，易破碎。

后来，何小晴开始收到男生们的情书，一封一封，频繁地从各个人的手中递来。何小晴时常一脸微红，又得意又假装害羞地将情书塞进书包里，然后在回家的路上把姚紫拉倒路边的公园树下，一封一封地拿出来，丢给姚紫。姚紫，你给我审阅一遍吧！于是姚紫就像个听话的小孩，认真地撕开，阅读，看到动情的句子，竟然内心波澜四起，好像那些话，是说给自己。而何小晴呢，会出人意料地抓过那些情书，撕个粉碎，向空中抛洒，任纸屑如同雪花一样缓缓铺满脚下的一小块地。做这些的时候，她神色中有骄傲，有任性，也有一丝丝的得意，像在对姚紫说，看，我是如此不在乎这些人的喜欢。

是的呀，漂亮的何小晴，为什么要在乎那些无知的男生的喜欢呢？可是姚紫，却渴望着有一天，也有一封情书写给自己。每当自己暗恋的男生递过一封信的时候，姚紫都会心跳加速，说不出话来。可对方立马会一本正经地说，我知道你和小晴关系好，请你一定要替我转给她，因为很喜欢她，拜托了。何小晴，何小晴，何小晴，哪里都有何小晴，只要是好的事情都有何小晴，既生你何小晴何生我姚紫呀！

一起走在路上，男生们的眼神一直都在何小晴身上，完全忽视走在身边的姚紫。姚紫觉得自己像极了童话里的丑小鸭，走到哪里都不起眼，不被人关注。而何小晴呢，该是美丽迷人的白雪公主，身上有光，无论走到哪里，都能被人在人群中一眼发现。

对于何小晴，十七岁的姚紫不断告诉自己：我恨这个什么都比我好的女生。可是流年轮换，时光静水深流，竟然沉淀了这不断示威和妒忌的十多年，大浪淘沙淘去了成长里的那么多人，唯一没有变的，是身边这个什么都比自己好，让自己讨厌和妒忌的女生。

这样对照鲜明的两个人，为什么总是要形影不离，走到哪里都相伴相随？"我的存在，是为了证明何小晴的漂亮和优秀吗？"姚紫不服气地想着。

吹再吹的时候，树叶彼此摩挲，发出轻微的沙沙声。校园里学生已经走得差不多，安静了不少，路面已经干了，树叶已经被风和西斜的阳光打理得干净清爽。姚紫有些不耐烦地站起身来，不断张望，来回走动。

"姚紫，姚紫。"

何小晴的声音，多年了，没有改变最初的清脆与响亮。一身白色连衣裙的她，出现在教学楼转角的地方。在此之前，她被班主任叫去了办公室，说有事交代。而她去班主任办公室之前，万般叮嘱姚紫，一定要等她一起回家。

"你真够磨蹭的啊，这都过去多久啦？"姚紫不开心地说。

"你知道，我跟老师商量了什么吗？"何小晴看起来很开心，像没有听到姚紫不开心的抱怨，眨巴着眼睛问道。

"天知道你们的，关我什么事，赶紧回家吧！"姚紫对于她的事情，其实是有兴趣的，她知道，大抵是和朗诵比赛相关，而她心里最大的期待是，班主任临时决定，不让何小晴作为代表去参赛了。"哈哈，要真是这样，多好。"可看何小晴的表情，不像这么回事。

"怎么没有关系，就和你有关系，我和老师说好了，我们俩一起合作去比赛！"何小晴开心地说："看，我厉害吧！"

回家的路上，姚紫一直出神，百思不得其解，不知道为什么何小晴会这么好心，主动要求让自己跟她一起去比赛。姚紫作出多种假设，一是根本不是何小晴要求的，而是班主任提出，何小晴顺水做了个人情，还表现得很大气的模样；二是何小晴其实是想借一起同台的机会，让全校的人都看清楚，在姚紫的衬托下，自己是多么优秀。你太狠了，该是的何小晴，姚紫越想越气不过。

第二天，何小晴递给姚紫几张打印纸，说："姚紫，从今天起，我们都要一起练习。"翻开来，是一组汪国真的以"友谊"为主题的诗歌，上面加了标注，各个段落前，写着"何"、"姚"字样。"写何的呢，是我的，写姚的是你的，都写的，就是我们一起，你先熟悉一下，放学后我们开始练习。"何小晴煞有其事地安排道。

"可我还没有答应你呢。"姚紫心里想，凭什么随着你安排。

"哈哈，姚紫，你可没有拒绝我呀！"何小晴得意地说。

姚紫一边做着无用的"抵抗"，一边假装委屈地和何小晴开始了排练。有时候在教室，有时候在校园里的草坪上，有时候在街心公园的树下。直到开始练习，姚紫才发现自己根本不合适朗诵，咬字不清楚，情感不到位，表情不自然，一本正经地读那些打印好的句子，简直像一场煎熬的折磨。

才排练两天，她们就吵架了。

在此之前，他们赌过很多次气，说过很多次绝交，但从未明明白白当面吵过架。是第一次。

那天放学后，他们照例留下来排练。同学们都走完了，教室里空空的，她们面对面坐着，你一段，我一段地读开了。

姚紫依然朗诵不好，确切地讲，她脸文本都还没读顺。张口的时候，如鲠在喉，好像有什么堵着，所以发出来的声音，轻而无力，更别说情感和节奏了。而何小晴则相反，她似乎天生就是适合朗诵的，开口就充满了魔力，动听，悦耳，像练过了千万遍。

"停。"当姚紫咬着舌头的时候，何小晴终于听不下去了，打断了她。

她开始像个老师一样，对她的诵读百般挑剔。

"节奏慢一点，你赶什么呢？有鬼追你啊？"

"你这个字音不对啊，来，我给你标准以下拼音，一定要读准了，读错字首先就是要扣分的。"

"给点情感行不行啊姚紫，不要老是这么紧巴巴的，别说评委了，我自己都听不下去，你自己听得下去吗？"

"哎呀，你怎么这么笨，都说断句不在这里，你不要这样乱断，我不是给你标注好了吗，你按照我标准的断句好吗？"

"笨死了姚紫，重新来一遍，重新来一遍，重新来……"

"别急，慢慢来。叫你慢慢来，不要那么快的语速。"

……

在何小晴吧啦吧啦挑剔一通后，姚紫不出声了。她心里委屈万分，这是她第一次朗诵，从来没有如此挑战过自己，也从来没有这么折腾自己。她心里升腾起一股火，开始还隐隐约约的，她克制了，可在何小晴的不断挑剔中，那团火毫不留情地熊熊燃烧起来。

"你怎么了？你怎么不说话？姚紫，你是不是不舒服？"何小晴看到姚紫的表情，奇怪地问。

彼时的姚紫，连何小晴这些关心的话，也都听成了抱怨。内心涌动的那些东西，终于克制不住冲了出来。她使劲地将手中的稿纸砸在地上，怒目圆睁盯着何小晴，一股巨大的能量支撑着她，就在今天，就在此刻，一定要和何小晴算清楚。

"这不行，那不行，什么都是你对，你对那你自己去好了，我姚紫陪你玩不起。"姚紫破口而出，每一个字都铿锵有力。

何小晴被姚紫吓了一跳。"不是，姚紫，你这闹的是哪一出啊？明明练得很好的，你怎么这样了？没人说你不好啊。"

"何小晴，你还真会说话，抱怨我不行的是你，现在说没人说我不好的也是你。"姚紫站起身来，她不想再练了。不就是一个朗诵比赛吗，我为什么要和你这个讨厌的人一起，你哪里都优秀，我比不过你，那我不跟你比，我躲行吗？姚紫心里想。

"你怎么这么懦弱啊姚紫？"何小晴在身后，不解地质问姚紫。

姚紫心里冷笑一声，转过身看着何小晴，一字一句地说："何小晴，从小到大，都是你最优秀，你抢走了我的多少东西你知道吗？所有人都觉得，我比你差，所以夸奖是你的，疼爱是你的，就连喜欢我的男孩，你也要抢去做你无名的炮灰，现在，一个比赛，你原本可以自己去，偏偏要拉上去陪练。"

"姚紫，我这不是给你机会，让你也锻炼锻炼吗？我觉得你是行的，只要努力，一定行的。"何小晴解释说。

姚紫哪里听得进去这些，她说："别以为我不知道，你不就是觉得自己哪里都好，舞台上光彩夺目，一个人玩起来多没意思啊，何不拉上我这个丑小鸭，衬托你的优秀呢？何小晴，你太聪明了。"

"不是这样的，姚紫，我不是这样想的。"何小晴的解释越来越无力。

"我不信。"姚紫言毕，决绝地走了。留何小晴一脸无奈地站在教室里。

很晚了，姚紫独自在小区花园里散步。

下午和何小晴吵架的气，已经消了。相反，她又有一些后悔起来。从小到大，她们之间，似乎都有一种无形的竞争，但每一次，都是她处处占尽先机，赢得满堂喝彩，而她则像角落里无人问津的小野花，独自品味着自己的孤独。

明明有这么一次机会，能和她站在一个水平面上，虽然天资和努力都及不上她，但至少可以在镁光灯下，展示一下自己，至少能够让全校的学生都知道，除了大名鼎鼎的何小晴，还要一个叫做姚紫的女孩儿，活在这个世界上。明明还可以获得更多可能的好处，但现在因为那一架，没机会了。

姚紫啊姚紫，你就不能忍一忍，其实人家何小晴提出的那些毛病，也不是不对呀，为什么那么多年都忍了，就那几分钟忍不了。就这么边想边往前走着，直到看到一个似曾相识的身影站在前面不远处的阴影里。

"额，我想你还在生我气，所以一直没叫你。"是何小晴。"我给你买了好吃的，吃了这个我们就和好吧！"续从小到大，她们每次赌气、绝交，都会在一顿饱餐后，和好如初。

"谁要和你和好？"姚紫心里莫名其妙闪过一阵喜悦。

"姚紫，我们这样闹着也不是办法，不能再赌气了，咱们可是代表班级去的，不能因为我们俩赌气，影响成绩吧。"何小晴捧着一堆零食走过来。

姚紫转身往前走。"我不要听你说。"她心里知道，何小晴是会追上来的。

"那就当我是故意的好了，当我是拿你当陪衬，那你敢和我比吗？和我一起上台，一起朗诵，有本事别在这里赌气，拿出精力和时间来练习。你敢吗？"何小晴这一次没有追上来拦住她，而是在身后大声说。"算了，估计你也不敢，你从小都是胆小鬼，懒鬼。喜欢的事情不会努力，喜欢的男生不敢去追，只会把责任推在别人身上，好像是别人欠你的一样，其实谁都不欠你。"

姚紫傻眼了，这完全不是她要的剧情。她要的剧情是，何小晴追上来，拦住她，软硬兼施，然后她勉为其难地和好。她有点无措，转过身去，心一横，说："谁说我不敢，你以为我怕你啊？"

何小晴的脸上露出笑来。"那你敢先和我把这对零食消灭了吗？"

姚紫眼里放出光，盯着何小晴手里的塑料袋，说："我要那个香肠，薯片也算我的。"

兵来将挡，水来土掩，何小晴，你尽管放马过来……当姚紫感到累的时候，她都在心里这么告诉自己，一定要坚持，不能放弃，不能输给何小晴。而何小晴有些骄傲的神色，又让她一次次充满力量。一整个一整个的下午，她们你一句，我一句地朗诵，直到把所有的诗句都背了下来。然后跟着配乐，抑扬顿挫地用声音把优美的诗歌呈现出来。

实在太美了！姚紫想也没有想过，自己也有这么一天，用自己的嗓音，如此完美地朗诵诗歌。当她侧脸看到何小晴一脸认真地朗诵的时候，心里竟然有一丝丝的温暖，一丝丝的感动，一丝丝的幸福……

一个星期过去。比赛在即。

学校礼堂黑压压坐满了师生，参赛学生陆陆续续上台。前一个选手朗诵完，报幕员念出了她们的名字。姚紫突然好紧张，心跳加速，手被汗湿了。何小晴从旁边抓住她的手，紧紧地，牵着她，说，走，别怕！

站在台上，一束灯光打在自己身上，看着台上的人们，姚紫激动不已，更加紧张。这梦中一次次出现的场景，终于真真实实地发生在眼前。自己那颗小心脏，已经扑通扑通，随时都可能跳出来。

"吸气，不要看台下，勇敢点，姚紫，你行的，你一定行的。"配乐响起来的时候，姚紫听见何小晴小声地说。她用眼睛的余光去看身边的何小晴，只见她神情坚定，依旧是有些骄傲的眼神，那一瞬，姚紫镇定了下来。

舒缓的配乐，悦耳的朗诵，盘旋在偌大的礼堂中。姚紫的眼帘里，往事一幕幕浮现，这一路与何小晴有关的点点滴滴，都像无声的老电影，快速地播放了一遍。

雨天里一起在老院子里踩水，被打人发现后手牵手逃避大人们的追赶；幼儿园里为了一块糖和男孩子大打出手，比老师批评后一起默默地站在过道上；放学路上，一路一前一后有一搭没一搭地说着闲碎的话题；路边公园里，随着上扬的双手，被撕碎的情书，像一场唯美的雪，下在了身边；昂起的脸上有些骄傲的表情，和低垂双目时默默的那一声不服气的哼……往事如此细碎，原本以为紧紧是她示威，你妒忌。但此刻，这优美配乐之中，这回旋的朗诵时分，这成百上千人瞩目的舞台上，往事竟能如同一场旧雪，飘飘洒洒，下得浪漫、醇厚又绵长。

当配乐的尾音停止，礼堂爆发出雷鸣般的掌声。何小晴一脸激动看向姚紫，姚紫瞬间泪如泉涌，湿了青春年少的面容。

第一名！全校学生朗诵比赛第一名！当结果公布的时候，姚紫不可置信地发出大声的呼喊："啊——"

在她的身边，何小晴站起身，微微笑了起来，依旧如昨的笑容，可在姚紫看来，早已没有之前的那些得意和骄傲。静静的微笑，美得如同微风里一朵温暖沉静的蔷薇。

每个人的生命中，都应该有这样的一个人，处处与你为敌和你作对；和你轨道相同，但却又处处占了先机，让你又恨又妒忌，却又爱又珍惜；你讨厌这个人，却彼此默默陪伴走过大段大段的人生，彼此在对方的生命中，留下足够深刻的印记。有时候你会讨厌这样的人存在，但有时候你又会因为这样的人而感到幸福。对于姚紫而言，何小晴就是她生命中的那个人，像一朵美艳的花从小就抢去了所有风头，将她衬托成一棵黯淡无光的枯草，却又在生命中重要的时候，给予她光和热，给予她幸福和温暖。

"谢谢你，何小晴！"领完奖，随人流走出礼堂的时候，站在人流逐渐散去的礼堂门口的小操场上，姚紫眼神纯真，由衷地对何小晴说。

何小晴依旧是一如既往的深情和微笑，拍了姚紫的肩膀一下，说："看把你乐得，走啦，为了庆祝这一次合作成功，我们吃好吃的去。"

她们彼此对视，温暖如你，纯真如我，依旧是十多年来彼此相对的样子。

在她们的身边，天地辽阔，万物沉和，春光盛大而壮美……

故城烟火

我是一个深夜在QQ空间看见故城的雪的。如同多年前的寒夜，我独自趴在桌子上写字，全身寒冷却又坚持不去休息，渐渐听见窗外有轻微的声音。深夜之中，万物至静，那种声音，轻微又明晰，听起来很舒服。我起身推开门，寒风观进门的时候，雪花就飞落在我的脸上。下雪了。在一个寒冷的寂静的冬夜里，雪花不打招呼，悄悄地落在故城的土地上，落在我的夜晚里……

而如今，眼前的这条冬天，亦是夜深之中的雪，在黑暗中有藏不住的白，静静地很动人。动态下面，有着一对赞和评论，多是熟悉的人物，说些温暖的话。那时候是日日相见却不多言语的同学，如今散落天涯，一张夜雪的图片，都会引起对于旧时光的怀念。

好怀念那时候，下课后在雪地里打雪仗，补课的辛劳，就烟消云散了，如今那还会找到那样的感觉？这一条评论，来自于陌生的网名，但我想，他定是曾经我所识得的人，在时光的流转之中，渐渐变了模样。

我突然极度怀念往日时光，怀念在故城的那些年岁。

怀念，曾迈步走过落满雪花的长街。

那时候，我租住在城南塔山下的一篇居民楼里。离学校不远，十来

110

分钟路途，但实际上已经在故城最边缘了。数年中，搬过三次家，住过不同类型的房子，却终究没有离开那一片。居民区上方，有座小山，小山顶有塔，"塔山"由此而来。故城各个方位，都有这样的塔，按照东西南北来分，因此这里，也叫"南门塔山"。

最初的时候，住在一个矮小老旧的小院子里。我去租房的时候，仅剩下最边上的一小间，我就此租住下来，每年还是每半年三百元的房租，忘记了。那个小院子实在是老旧，靠山是一栋一层的平房，很有些历史，墙已经呈现浓重的灰色。前面是一排低矮的石棉瓦小房子，挨到什么程度呢，那时候我178CM的样子，当我站在里面的时候，靠矮的那一边，差不多头就可以顶到上方的瓦了。我就租住在石棉瓦房的最边上那里。

冬天到来的时候，蜂窝煤小火的热气，会在石棉瓦上，凝结成水珠，再滴落下来。现在想起来，那是一段多么心酸的日子。那房子有一个小窗户，我就在窗户前，白上了一张矮矮的茶几，每天放学后，就弓着身子在小茶几上写作，一写就是几个小时。好多个深夜，独自写作和思索的情形，如今还历历在目。

院子里住了七八个跟我一般年岁的人，都是从乡镇上到县城读书的孩子。房东是个四十多岁的中年独身女人，似乎在其他地方有住处，所以很少回来。院子里有不大的空间，天气好的时候，下午我们就在院子里坐着聊天。开始那时候我并不参与，那时候我有着交际障碍，并不懂得如何在最短时间里与人热烈交谈。我的生活规律而收敛，下课后一头扎进房间，看书或者写作。后来才慢慢融入他人的生活。

华子、晓云、Q、Z就是那时候结识下的。只是如今，时间终究将我们冲散，散落天涯，不止归处。

华子来自与我相邻的乡镇。不高，中等身材。我们真正熟起来，大约是一年后，我从石棉瓦房搬到后面的瓦房里。我们住在一前一后的房间里，每次他要进屋子，都要经过我的房间。开始的时候，各自开火，后来觉得麻烦，就一起搭了火，一起开伙食。

那时候，晓云、Q、Z等都悉数搬出了小院子。他们的房间里，住进了新的人，要是没记错的话，一个是在县城抓一个人有50元奖金的协警，一个是即将和一个爱笑女人结婚辛辛苦苦赚钱的男子，还有一个稍胖的直到后来我们搬走都没说上一句话的女子。这些人，虽然同住一个院子，生活并没有产生交集。

华子喜欢看小说，跟我一样。因着这共同的兴趣，我们走过了无数遍相同的路，就是经常相约一起去县图书馆借阅图书。那时候我边阅读边写作，写作上虽然无所收获，但是自得其乐，深陷其中。华子一心扑在小说世界里，沉醉不已。

在共同生活的年岁里，我们之间的记忆太多了，现在想不起一件典型的事情来。不仅在那个院子里，后来我们一同搬出来，也在不远的稍微好一点的房子里，共同住一个很大的房间。整个高三，我们一同住在一个大院子里，可以矫情地说，两个男孩，相互见证了彼此的成长。

怎么说呢？这是个在我整个高中生涯中都非常重要的人物。但现在我却想不起来与她有关的典型事情。想不起来，点点滴滴都是生活琐碎，最平凡时时刻刻发生的那些事情。有那么一次，我们俩一起炸饼吃，结果饼在油锅炸开来，烧焦的油将我一只手的食指和无名指都烫伤了，整个冬天都呈现一种溃烂的状态。那时候，他给我洗过衣服，嗯，好像是这样的。可是可是，我真的记不起来了。

高三之后我们俩都选择了复读。是的，我们都在高考中失败了。补习的时候，终于插到一个班，但是那时候，我们已经分开租住。我住在一个有着巨大落地窗的宽大房子里，里面的家具和用品，是一个初中同学留下的（可她搬走后，我们也都再没有联系）。华子呢，住在一个我要拐上好几个弯，才能抵达的阴暗的房间里。他的房门口也是院子，一个巨大的天井，因为楼层有点高，窗户对着后面的高墙，房门对着前面的天井，所以光线不好。每次我去找他，到院子都喊一声"华子"，他就会拉开门，喊"上来"。

貌似我们还一起站在房子后面的高墙上，看过一场华丽的烟火表演。当然，那时候站在高墙上的，有几十人之多。那时候故城文化节，一场巨大的烟火表演，让整座小小的城池，喧哗不已，车鸣不断。我们就那样站在那么多人中，看着眼花绽放。如今想起来，那大抵就是后来大流行的好基友了。

我和所有人的关系好起来，似乎都是高二开始的。高二的时候，和华子住前后间，自然而然就有了一些感情。高二，晓云、Q、Z搬离校园，住在不同的地方，也许是因为距离产生美，竟然与以往不同地熟络起来。

那时候，我经常去找晓云玩。对了，晓云曾和院子里一个男孩谈过一段并不长的恋爱，是传说，是否真有其事，我从未考证。那时候晓云和妹妹弟弟住在一个房子里，她妹妹没有读书了，在外上班；弟弟还小，读小学一二年级的样子，极为淘气，每次跑去找我玩耍，都让我不省心。

我与晓云姐弟相称，这其实是晓云的一厢情愿。这个姑娘长得漂亮，是公认的事实，非要学韩剧里面那些女生，一种说法叫野蛮女友，另一种说法，叫女孩子。对，在我们的面前，她就一股劲装出女孩子的模样来，非要与我称姐弟，到处宣称是我姐。有时候，我也假装一本正经地叫她一声姐，但并不多。

晓云的妹妹叫什么名字呢？忘记了。但我记得是个重口味姑娘，非常重口味。打扮也时髦，看得出来，跟晓云不一样。她太早独自出来在社会打拼，经历的事情多，所以行为做事，都与我们不太一样。有好多次我不想做饭吃，就跑去蹭饭，会在吃饭的时候，跟她开些恶心的玩笑。我所言的恶心，不是暧昧那种，而是通过讲各种恶心的事情，让对方丧失食欲。但似乎，每次我都甘拜下风。

晓云做过最让我记忆深刻的事情，是曾拯救过我一次。有一年中秋节，华子和其他人都回家了，我因为有些事没有回家过节，结果突发肠炎，拉到脱水，浑身无力，丧失食欲，在床上躺倒绝望的时候，晓云砸门而入（那时候我们的门破旧不堪，也不锁，因为锁早就坏了，每次晓云来找我，要么猛推，要么就是飞起一脚），看我状态，骂我，你想死啊，自己不起来吃东西。那次她是给我带月饼，恰巧遇上了需要帮助的我，然后她大发善心给我买了不少吃的来。一顿暴食之后，我恢复体力，几颗药下肚，肠炎竟然好了。

这事儿往后的年岁我一直记得，这也是为什么后来有很多次我会叫她姐的原因了。我不知道，在后来不再相见的年月里，她是否记得。可我来说，是让我感动的，她破门而入的那一瞬间，我是真的感觉到了光芒。我曾为此感动了很久。

Q和Z，来自同一个地方。这个字母背后的那个人，现在还在QQ上，却鲜少联系。

前些日子，我曾想着和她见上一面，但终于没有。对于如今的我们来说，见一面，多少要担上些心理负担。

是因为漫漫长路，曾一起相伴走过，一起看过一些风景，一起度过一些苦难，一起守着最好的黄昏，也一起走过最冷清的长街。往日总是那么美好，可如今，都成了几次相见的负担。

她高挑，稍胖。文静，勤快。善解人意。好。让我愧疚。——我只能如此形容这个人。

开始的时候，也许是不熟悉，因此话不多。静静来，静静去。也有几次，大家开我和她的玩笑，那时候我们都还没当真，还不曾把对方相处自己生命中的那个人。

后来我补习，她去省城学医，就此分开。偶尔在线上聊天，开视频，说些温暖的话。我上大学后，有相当长的一段时日，我们相互温暖着。不得不说，她给予我的，平凡，但感动，细微又伟大。

我曾见过她最无助的时候，她也曾陪我走过最迷茫的年生。

只是后来，后来，没有了后来。

最想写的那些话，写出来，都带着枯涩……

Z呢，最开始住我隔壁，深居简出的样子，因为和Q来自同一个地方，所以两人经常同进同出。那时候，我们都不了解。

最大啊的印象，是她的房间里，总是飘出中药味。她有鼻炎，被起纠缠，时常痛苦不堪。多年后，我也患上鼻炎，才懂得当时她的痛苦，偶尔也会想起，那些简单的年岁里，时不时地，就从隔壁飘来一阵浓郁的中药味。

我高四的时候，Z已经放弃学业，在家养鸡。那年冬天，她抱来一只大公鸡，我一把钝刀将鸡杀了，褪毛开肚清洗剔骨剁肉，包饺子吃。那次晓云、Q也都在。是我在故城的四年中，最后一次与她们的团聚。

在后来，我上大学之前，Z坐上两个多小时的班车到小镇，再换摩托车，去我家里玩。左邻右舍都问，这女孩谁呀！？眼神里，有着暧昧的意味。我送她回县城，一起坐在客车上，随意地聊着些天，时间过得很快。在离她家最近的地方分别，说简单的告别的话，从此走向了不同的人生。

后来在贵阳，她送过我和Q各一双鞋子。那时候她在一家连锁鞋店上班，很忙。我们去找她的时候，先去店里拿钥匙，然后去买菜做饭，等她回来吃。她曾说要做的事情，似乎后来都没继续做。

我记得的是，那次，我们去鞋店找她，她拿出两双鞋，说，试试吧！

我们一试，正好。

她说，送你们了，情侣鞋呢。

那双鞋还没坏，我们就走散了。

后来的年岁，与古城看起来没什么关系了，却又有着说不清的关系。它们发轫于古城。

后来华子去了江西读书。开始的时候，还时不时聊上几句，后来感觉他越来越忙，发信息过去很久都没有回复。后来，我也开始忙起来，再后来，电话失去联系，QQ也黑了，不知道是否还在用，总是，失去了联系。

我还没毕业的时候，晓云和Z都结婚了。都是在故城。我都不曾在身边，在她们最美丽的时刻。不曾照看。也许是因为和Q的关系破裂，因此原本关系很好的几人之间，就产生了这么微妙的差距。她们结婚的时候，没有任何人告诉我，等到我知道的时候，已经过去很久了。很久。

Q毕业后在省城某医院工作，后来离开省城，到西部某县城。现在联系多一点的，还是她。离我所在的地方，并不远，是一个我一直都想去一趟的城。有辽阔天地，有壮阔湿地，冬日里还有远道而来的候鸟。虽然在线上，但每每想聊上一两句，都不知道该如何开始。

其实好多事情，现在我们都不知道是怎么开始的，也不知道，是怎么结束的了！

前些日子，我也在风雪之中回到故城，和一些朋友小聚，在路边饮酒唱歌。可是这些人，没有一个，是当时陪伴我走过漫长岁月的人。

没有一个。

晚上从酒店往外看，黑呀中，故城安稳，像一幅浓重的油画。

而往事沉沉，像默声片。

现在，他们会在哪里呢？

有时候，我多么想，能够再联系上曾经在生命中存在过的这些人。他们像极了多年前的那场盛大的烟火表演，那么美丽，闪亮，充满光芒。

是风吹散了我们？

是时间带走了最初的我们，所以后来的我们都那么陌生？

是流云飞走天地变换，所以物是人非，我们也渐渐失去曾经不知所终么？

亲爱的你们，如今你们还好吗？

如果有一日，我们在苍茫的路上相见，你是否还能一眼看出，这时间修理后的这一个我？那时候，请我们握手言和，为这些年的离散，为这些年我缺席。我相信，你们偶尔也会想起我，如同我，在一个个深夜之中，放下书写的笔，就会想起温暖的你们。

漫漫长路，请你们和我一样，认真用心去走。

我会遇见更多的人，你们也是。

如果可以，让我们选择一个冬天，在故城相见。

在一个有雪的夜晚，一起说着旧事，走过落雪的长街。

请你为我
抄首歌

又听见有人唱起那首让人悲伤的《送别》：长亭外古道边，芳草碧连天，晚风扶柳笛声残，夕阳山外山。天之涯地之角，知交半零落，一壶浊酒尽余欢，今宵别梦寒……

足足有三四十人的模样，簇拥着，整齐划一地唱着歌，从旁边的市实验中学出来，一路往前走，经过我所居住的小屋，不知道去往何方。我站在阳台上看到他们，面容模糊，但脊背坚挺，步伐坚实，在路人的侧目中目不斜视，毅然前行——是属于年少时的模样，自信，青春，充满活力。是一群即将中考的初三学生。六月天，夕阳西下的光景，斜射的阳光将一群孩童的影子，拉去好长好长。在他们这样的年纪，这些离别的日子里，一定忙碌着拍合影，赠送大头贴，写留言……这是属于他们的内容丰富、叙事宏大的青春离别。

这让我怀念，怀念属于我的青春离别。怀念同样年少的岁月里，那些破碎的，却又美得动人的情节。当他们的歌声在渐行渐远中变弱，最后消失，小小的院落最终又归于平静，我突然有些急躁地翻箱倒柜，寻找一个古旧的多年没翻的笔记本。很可惜，我没有找到，这些年求学、工作变换多个地方，在不断的搬家过程中，丢失的东西已经足够多，唯一一只带着上路的，恐怕只有我自己了。这让我心酸，内心涌动无边的失落，像丢失一件宝贵的物品，像幼时失去最喜欢的玩具。

——那是一本抄歌本，抄满了我们那个年岁里，最喜欢最流行的歌曲，抄满了属于我的青春离别。

　　小时候的乡村小学，每年小学毕业班都要在小小的篮球场上开毕业典礼，唱歌是必不可少的环节——等所有被学校提前安排的环境的落幕后，孩子们会集体唱起某一首大家都喜欢的歌。他们声音稚嫩，节奏和音准都无法到位，但是足够把自己和围观的人，感动得落眼泪。

　　完了后，谁都不愿散去，三三两两或站或坐地留在操场上，或者流转在教室的各个角落，交换歌本，为彼此抄一首歌。他们每个人在抄写的时候，都极为认真，有的甚至连曲也抄上，特意写明词作者某某曲作者某某抄歌者某某，极少有人会写多余的话。在那个时候，一首歌，就包含了所有内心想说的话，就是一段情真意切的留言。

　　事实上，抄歌这样的事情，并不是毕业的桥段，只是在毕业时被推向高潮。在我们年少的岁月里，抄歌就是彼此之间连接友谊的一种方式。谁给谁抄歌了，谁没给谁抄歌了，都是课余谈论的话题。一个人，因为给一些人抄歌而没有给另一些人抄歌而产生矛盾、误解，也并不少见。

　　我也有一本属于的自己歌本。四年级的时候，想方设法，软硬兼施，连哭带闹，给妈妈拼了三块五毛钱买了一个硬壳笔记本，在扉页工工整整地写下三个大字：抄歌本，第二坏小心翼翼地把它放在书包里带去了学校。从小学四年级，一直到初三，这个笔记本一直陪着我，封面磨损了，纸张褶皱了，都未曾更换。上面陆陆续续留下了几十个人的笔迹，没事的时候，就翻开来，从第一篇开始，轻轻唱。后来，封面破了，就用透明胶布粘起来，等到上了高中，才发现县城里的孩子，都没有抄歌的习惯，这个抄歌本也就被压在了箱底，一段年岁，也就被压在了箱底。

没想辗转多年，这本抄歌本，竟然不知去向，不知道丢失在人生中的哪一个路段。但与它相关的年岁，却是记忆清晰，其间的点点滴滴，都在歌声远去，院落复又安静下来的这一刻，面对被自己翻得乱糟糟的抽屉和书柜时，突然想起来——

第一个给我抄歌的，是当时的同桌。看起来笨拙，话很多的光头男生，个头比我小一些，每天都背着大书包来回家和教室之间。他家就在学校不远处，家里开了个小卖，有些钱。要是我没记错，他爸爸应该是一个小官——村庄或者村支书之类，算是远近少有的文化人，有些名声，对他的管教也很严格，思想超越了乡村农民，早早地就想着自己的儿子不能输在起跑线上，所以我的这个同桌一开始的书包就比谁的都大，以便背上足够多的学习资料——哦，对了，那时候我们还不知道有什么学习资料，我们的书包里，只有教材和联系本，以及小截小截的高粱杆做成的算数串——当我做算术题时双手数不过来的时候才会用它（其实这是一年纪的时候，后来真的仅仅有教材和作业本）。

当我揣着除了自己写的"抄歌本"三个字之外一无所有的抄歌本走进教室的时候，却不知道应该让谁为我抄歌。那时候我还是个怯弱内向胆小怕事的孩子，因为从小身高都比同龄人高所以有些鹤立鸡群显得格格不入，也没啥朋友。甚至，我连那个抄歌本都不好意思拿出来，只好把它一直放在桌箱里，自己也像个新媳妇害怕见人一样，坐立不安，不知道怎么办。然后多动的他发现了我的笔记本，像发现新大陆一样地说，哇，你也有个歌本啊，还是新的，哈哈，我要给你抄，我要做第一个给你抄歌的人。那时候，第一个抄歌的人，就好比现在写作的第一个读者一样，很重要。

于是，顺利成章地，他给我抄了第一首歌。竟然是国歌，义勇军进行曲。好了，他大声说着，将笔记本摆在我面前，说，这是我们入学学的第一首歌，我就抄给你了。我翻开一看，末了的地方，加了个括号，写了一句毛主席的名言：好好学习，天天向上。作为回报，我也给他抄了一首，是当时我们一个代课老师教给大家的当时最流行的《长相依》，当时老师教这个歌的时候，孩子们声音都很大，还引来了校长，把老师给批评了一顿，说教大家这个歌是在向未成年传播不健康思想。多年后想起来，两个男的，以这样的歌相赠，真的是有些怪怪的感觉。

有了第一首歌，很快，我就开始和同学们交换起歌本来，我的歌本上，留下页码的篇幅，也随着时间的推移逐渐增加。《年轻的朋友来相会》《康定情歌》《路在何方》《单身情歌》《心太软》《爱一个人好难》……等等歌曲，都陆陆续续地出现在我的歌本上，甚至还有一位同学给我抄了一首《铁窗泪》，于是下午放学后被语文老师锁在教室背书时，几个同学就趴在窗户上念口白：人生最大的悲剧莫过于失去自由，人生最大的痛苦莫过于失去亲人和朋友……然后好多人就开始合着唱：铁门啊铁窗啊铁锁链，手扶着铁窗我望外边，外边地生活是多么美好啊，何日重返我的家园。条条锁链锁住了我，朋友啊听我唱支歌，歌声有悔也有恨啊，伴随着歌声一起飞，月儿啊弯弯照我心……

年岁在歌本越来越烂中悄然逝去。初中那会儿，有个女孩让我给她抄歌。那时候在镇上的中学上课，我依旧是那个内向的人，不爱说话，没啥朋友。这个女孩是我的同班同学，瘦瘦的，清秀好看，话也不多，时常都是一个人独来独往。

有一天下午放学后，她把我叫住。我一愣，不知道她要干嘛，毕竟我们从来没说过一句话，倒不是因为我不想说话，而是不敢说。那个年岁的我们，早就在言情小说的讲述中得到了爱情的启蒙，少不更事却又对爱情充满属于自己的幻象。但我不敢和她说话——不，确切讲，是我不敢和人说话，不分男女，除了坐在身边的几个同学外，我和其他人都没有多余的交流。虽然我们放学都要走一段相同的路，我回到租房的路，和她回家的路，有挺长一段都是相同的，每每都是她走在前面，我就慢慢走在后面，不敢跟上去，因为不知道四目相对的时候，该说些什么——这个交际障碍，在我后来的成长中一直伴随着我，即便今天我依旧会时常感受到和一个打破沉默拉近距离的困难。

所以当她主动叫住我，我愣住了。内心砰砰跳过不停，不知道如何应对。你，你，我吞吞吐吐的。帮我抄首歌吧，她脸也红了，塞给我一个笔记本，转身就走，边走边说，要小虎队的《爱》。看着她走远，我内心慢慢平静下来，却又充满惊喜，因为这是从未想到过的情节。那时候班上特别流行黄家驹（当时我以为那个乐队就叫黄家驹，后来才知道是叫Beyond，黄家驹是主唱），同学间传抄的，也是黄家驹的歌，她要的歌，我花了好久才找到，花了一个晚上，一笔一画地写了上去。可是越是想写好，偏偏写不好，好多字都写得走了样，就像那一晚我的心情。

我没好意思当面把本子给她，所以选择了在清晨早早来到教室，把本子放在她的桌箱里。等到她进了教室，我就假装埋头看书，偷偷拿眼睛瞅她，看着她发现桌箱里的歌本后，翻开看了看后回头看了我一眼。当她回头看我的时候，我那怯懦地赶紧收回了目光，假装看黑板。那天放学的路上，她不知道是有意还是无意地站在路边，我们四目相对，我也不好停下来，只好硬着头皮往前走。喂，她叫我，谢谢你啊，不过你写的字真丑。我——我不知道该说什么，羞红了脸。她哈哈笑着，跑远了。

好像仅仅是抄过那么一首歌，我们之间的距离就拉近了许多，在往后的生活中，每当遇到的时候，都会相视一笑，好像彼此都懂得一样。但后来足够漫长的年岁，我们的之间，也仅仅是到心照不宣地相视一笑，再无下文。

嘿，当然，那个年岁的我们，还能有什么下文呀？

如今，时间把我洗礼成为在现世中沉稳的男子，不再是当初那个少不更事、内向胆小的男孩，但是旧往里的人们，也跟我不知道何时丢失的抄歌本一样，不知去向。

　　第一个在我的抄歌本上留下自己笔记的光头男孩，他的父亲一直认为他不能输在起跑线上，对他的期望也远比其他同学的父母的高太多，不知道这些年时间流转，他是否如了父亲的愿。那个让我给她抄写小虎队的《爱》的女孩，也不知道去往哪里，是还在梦想的道路上艰难前行，还是早已嫁作他人妇，成为人世中最平凡和庸碌的一个人。

　　我不知道，不知道这流年婉转，那些人都去了哪里。只知道，他们，一直都存在了我的记忆之中。在这个六月的下午，在这个安静的房间，他们再一次复活，再一次鲜活地把我旧往的少年再点燃了一次。

　　当我起身，站在阳台上，看到西边的山头上有黄色的一片，太阳已经落下山去，我又突然想起，初中毕业典礼上，老师带着大家唱《祝福》，当唱到"伤离别/离别虽然在眼前

　　//说再见/再见不会太遥远//若有缘/有缘就能期待明天/你和我重逢在灿烂的季节"时，突然泪眼迷茫，现场哭泣声四起

　　——那可真是足够矫情到肆无忌惮的年岁呀，而今的我们，早就不敢那么放肆和直接地表达不舍了。

　　突然想，若时光倒退，此刻的我一定会无反顾地回到那样简单纯真的年岁，掏出自己的抄歌本，大大方方地递给喜欢的女孩子，再勇敢地说一句：嘿，请你为我抄首歌！

一个叫做麦田的男子突兀地出现在我的面前。

初夏贵阳的疾风中，他精神抖擞，恶作剧地在我回寝室的路上将我堵住。"嘿，若非。"他说，"这么多年过去，你还是一点没变，我一眼就认出你来了。"

好像我们一直熟识，好像这么多年我们一直在一起，照顾着对方的梦想。他搭我的肩，在风中，我感觉到温暖。这温暖已经很久未曾体会。

【小时光，及麦田守望者】

麦田出现在我生活中的那天，方城的天空格外明朗。麦田背着大大的画夹，推开虚掩的院门，冲我叫："兄弟，过来帮忙！"他自此和我租住在一个院子里。那时候，我们都才高一。我从小镇搬到方城，而麦田，为了学画方便，搬出家门住到了我所在的院子。

麦田并不是他的真名，但是他的真名基本都被大家忘记了。大家只记得，他总是在课堂上，抱着一本《麦田守望者》，麦田这个名字由此而来。

124

在挤满59人的教室里，麦田绝对是一个特别的人。据小道消息说，他的爸爸是方城几大富翁之一，而他也不是靠自己的能力考进方城中学来的，是因为他爸爸给了学校好几万的赞助费才得以和大家坐在一起学习。事实上，麦田并不珍惜和大家一起学习的机会，因为，他基本上就从来不听课。

在不知道第几次接受完教育从班主任办公室回教室的路上，麦田对我说起他的梦想。"嘿——，"他一脸轻松，"其实我并不想读书，我只想好好画画，以后当一名画家，你知道的，我会画下一切美好的事物。"礼尚往来，我也把自己的作家梦告诉了他。快到教室的时候，我们有些神经质地共同约定，为了梦想，努力到底。

麦田能画出很多美好的东西。在他的房间里，到处都是他的作品：被风吹歪的树，在路上边走边看书的路人，窗台上沉默远望的少女，奔突的火车头里面迷茫的双眼……这一切让我向往。

【在路上，少年的梦想美好如初】

少年麦田突然就从我的生活里消失了。

是在高二的某一天。麦田在课桌上留下一张纸条，告诉我们，他已经在流浪的路上了。可是，没有人知道，他去了哪里。

对于麦田的出走，班主任并没有表现出多大的震动，在班会上，他一次次以麦田为例子，告诫下面一帮学生，要好好学习，不要学坏孩子麦田。他乐此不疲地热衷于对麦田进行语言软暴力，在他的口中，麦田是一个自以为是的富家公子，纨绔子弟，除了花钱什么都不会。

时隔两个月。像离开一样悄无声息，麦田再一次出现在大家面前。那个炎热的夏日午后，麦田逆着光穿过走廊，一脸傲然地出现在教室门口。他就像从未从我们的生活中缺席，在门外甩出一个清脆的响指，旁若无人地走进教室来。在属于他的位置，坐下来，随后给我传来了纸条：我是不是很酷呀？

我埋头苦笑。真是个淘气的孩子。

我们又开始在一起谈天说地、逃课打闹的生活。在他小小的房间里，他给我看自己独自流浪的这段时间所画下的东西，一幅幅图画，是他一路所遭遇的风景。那是他眼睛里的世界，微笑的少女怜惜地看着手中即将凋谢的花朵，火车嚎叫着奔向未知的远方，黄昏时分手推车小贩一脸淡然地走在回家的路上……我看到这个世界的静谧。它不同于我每天经历的这个烦躁的世界，它看来安静、祥和。

"你还记得我们的梦想吗？"他问我。他的眼神干净，像一尘不染的清泉，我知道，这样的问题他是认真的。

"记得。"我告诉他，为了心里的梦想，我一定会努力下去。

他说："若非，无论时间怎么改变，无论环境怎么变迁，我们都要坚持心中的梦想，你会成为一名作家，而我将会画下这个世界的美好，只要相信，就有奇迹。"

——那是多么美好的年岁。因为内心有梦想，有坚持，所以我很轻易地就理解了麦田。他离家出走，他对孤注一掷，他玩世不恭……他害怕自己妥协，因为心底的梦想一直美好如初。

【经年风雨，我们并未放弃心中最初的梦想，奔波在前行的路上】

转眼就是高三。我们开始了忙碌的备考生活。

麦田再一次消失，是在高三下半学期的那个四月。他并没有告诉任何人，甚至连一封信都未曾留下。没有人知道他去了哪里，包括他的父母。安静的教室里没有人讨论麦田的去向，他们只忙着做做不完的试题。没过多久，麦田的房间就被撬门打开，那些积淀了他心血的画作以及生活用品被拖上汽车，与他有关的物件一一从我的生活中消失。

然后，高考。

经历漫长的等待，离开方城，我在陌生的省城贵阳开始新的生活。

时间真是无情的刻刀。坐在我眼前的麦田，脸上有沧桑，但眼神温暖而干净，身形有细微的发胖。说话的时候干脆利落，言谈间凸显睿智。在奶茶吧昏暗的灯光下，他对我说起消失之后的生活：偷了父母的钱，不多，但足够远行。在云南的某个小城打工，不断画画。一段时间后，开始旅行，画画得来的钱仅够在路途中的消费，一直在不断行走的路上，直到这个初夏，路过贵阳。

而我呢？在这所平凡的高校，写作，学习，无所事事，偶尔怀念旧时光。我们谈到以往的事情，不提及梦想。

初夏风凉的夜晚，我送他离开。

在尘土飞扬中，他挥手告别，眼神坚毅而固执。我突然惊奇地发现，纵然这么多年过去，那些梦想从未被忘记和放弃：他一直坚持画下一路上的美景，而我从未停止书写的笔，我们一直是梦想路上孤独但坚强的少年。

　　我时常会在发呆中，想起这短暂人生中所遇见的那些人。他们和我从未相识，茫茫路途萍水相逢，却给我最简单却珍贵的温暖。

　　他们陪伴我，走过那么长的路而不寒冷，见过那么多的人，而不害怕！

　　2012年我去攀枝花参加活动，在昆明转车。

　　凌晨四五点的样子到昆明。虽然是夏日七月，但凌晨依旧凉凉的。我为了车上上下铺方便，只穿着了拖鞋，马裤，短袖，背着一个大书包。转车的火车要九点多才出发，出了站没有去处，就一个人在火车站附近散步，累了就在路边席地而坐。

　　在我感到有些冷的时候，一位中年男子从我身边路过，看了我一眼，操着浓重口音，问我，小伙子，冷吗？

　　我尴尬地笑笑，还好。我并不打算和他多说话，毕竟在陌生之地，和陌生之人，我需要随时保护自己。

　　他指了指不远处的小店，说，那边，是我的店，你可以去那里休息。

　　我循着他只得方向一看，是一家二十四小时营业的杂食店。我说，我不饿。

他说，又不是要你去买吃的，你就去坐着，不收你钱，小伙子，前几年我也跟你一样，背着个大包，到处奔波，这种滋味，我懂。

我半信半疑地跟着他，进了他的店。

他指位置给我坐下，说，那边有热水，自己倒。

凌晨时分，有些下车的乘客，陆陆续续来吃东西，他和一个中年女人，忙得不可开交，并不和我说任何一句话。我趴在桌子上，一不留神就睡了过去，待醒来，天光大亮，店里也都坐满了客人。

我抬眼打量，他正在里面煮面。看到我，他笑了一下，说，小伙子，行啦！

我不好意思地笑笑，开始为我最开始对他的不信任后悔和内疚，我说，我饿了，给我煮碗面条吧！

吃碗面后，我付钱匆匆离开。店里越来越拥挤，我不能再在那里占用位置。出去好远，才想起来，没来得及，和他说一声谢谢。

回程的时候也路过昆明火车站，但转车空隙紧凑，也未曾前去道谢。

昆明火车站惨案发生的那天晚上，我住在贵阳一家小酒店里，通过微博看到消息的时候，内心涌起一股巨大的悲痛和担忧。我突然再一次无比想念和担心那个曾给予我温暖的陌生人，不知道这样的惨案中，他是否安好。

那一刻，我无声地为他祈祷，为那些好心的人祈祷。

有一年我去广西贺州参加活动。离开的前一天，去姑婆山玩，很累，当天晚上怎么也睡不着。第二天一大早就起床赶车去桂林，我要在贵阳呆上半天一夜，在次日的早上坐火车返回贵阳。

上了汽车，将自己的赛满了书籍的书包放在腿上，兀自看着窗外，心里计划着去桂林后的安排。后来上来一个女子，看起来年岁比我大一些，没说什么话，在我身边坐了下来。

我们没有交谈，这是我一贯的作风。向来，在任何旅途中，都很少和人交谈。我是缄默其口保护自己的那一个人。

车开了没多久，我就随着了。是因为前一天玩得太累，晚上又没怎么睡着，所以车一晃动起来，很快就沉沉睡去。

待我醒来，发现自己的头正靠在旁边那个女孩的肩上。因为我长得比较高，能感觉到她的一直肩膀，要比另外一只肩膀高出了许多。她特意把那只肩膀耸高了，只为了让我舒服一点，我是这么想的，因此心里一下就柔软起来。

不好意思啊，我，我，太困了，抱歉。我揉揉头，尴尬地说。

她笑了笑，不是贺州人吧？

我说，对啊，我从贵州来贺州做事，去桂林转车回去。

这时候，我才发现自己的包不见了，心里晃了慌了一下。她看我的表情，又笑了，指了指自己的脚边，说，找包吧？在这里，你睡觉的时候，包好几次都要掉下来，我看你睡得熟，就悄悄给你放在地上了，但愿不要弄脏。

我说，哪里会，谢谢啦，谢谢！

她说，我有个跟你这么大的弟弟，每次一上车，就睡觉，几乎上车必睡，每次都往我的肩膀上流口水，哈哈。

我赶紧查看她的肩膀，幸好，我没有流口水。我说，真不好意思，这些天太累了，所以就……

我们就此聊开来，剩下的路途，就短暂了许多。

下车的时候，我帮她提行李箱，在车站门口告别。我们有不同的方向，没有问名姓，也不曾留下任何联系方式，转身走进了人海之中。

可如今，我还记得，当我一脸尴尬时，她那个让人温暖又轻松的微笑。

2015年刚开始的一月，我们一家子去湖北。去的时候，只有一个孩子，回来的时候，带了外甥女回来，就有了两个儿童，麻烦了不少。

我们买的卧铺，但因为学生放假，车票紧张，都只买到了中铺和上铺。上车的时候，下铺一个二十多岁的女孩站起身来，说，你们带了两个孩子，谁上面好不安全。说着赶紧爬起来，对小侄子说，小朋友，来阿姨这里睡吧！

我向他道谢，告诉他，中铺是我的床位，请她睡那里。她笑着说，好，谢谢你。我更加不好意思了，说，该是我们谢谢你！

她和母亲一起出行，年迈的老人家，就睡在另一边的下铺。她起身后，忙着给招呼母亲，正是晚上七点多，她去买吃的，轻声让母亲多吃饭。整个过程，我都坐在过道上的小椅子上看着，每一个动作，都是那么细致。

我们没有多余的交谈，上车的时候已经天黑，夜深很快就到来，每一个人，都很快地进入了自己的梦境。

凌晨我醒来，从上铺探头下去看孩子们，去看到中铺上空空如也，对面下铺也没有了人。她们早在我们熟睡的时候，下了车。我心里想，应该是在长沙或者玉屏下的车。我们不曾告别，也就不曾有多余的讯息。

孩子们睡得正香，这一切都因了这个陌生女子的温暖。

事实上，我不止一次在火车上遇到这些温暖的事儿。

有次姐姐去浙江，我送她上火车，在将她又大又重的行李箱往行李架上放的时候，因为过于重，又没有做好准备，箱子一遍搭在行李架上，再也没法使力。一个男人二话没说，从后面给我推了一把，行李箱才顺利地放了上去。我回过头去，却只看到一张微笑的脸，一晃而过。

第一次坐火车的时候，去不远的一个城市。那时候懵懂无知，对即将抵达的城市也一无所知。坐旁边的女人，戴眼镜，自称是某小学老师，拿着一张纸，给我写了十多条公交路线，去哪里找最适合的酒店，去哪里吃最特色的美食，去哪里玩最有特色的景点，都一一标注。临下车，说，小伙子，欢迎你来我的城市！

我们的破车坏在山路上。是13年寒冬里的事情。

老三非要说开车带我出去玩。那时候刚刚放寒假，我还有些日子才回家，正好也没事，就跟他去。老三说，我们去山里吃土鸡。目的地，是老三的一个朋友家。他的这个朋友，像个隐居的人，埋首山里，养土鸡，赚了些钱。

出发的时候，下起了雪。他开着一辆快要报废的破车，除了贵阳城区，走着走着就上了泥路。

后来雪越下越大，车就坏在了山道上。我们俩一时没辙，远近都看不到人家，他不会修车，而我对汽车一窍不通。

正不知所错的时候，开过来一辆拖拉机，上面站着几个裹着棉衣的男人，一身脏兮兮的，刚从什么地方干活回来的样子。

拖拉机在我们旁边停了下来。车坏了吗？开拖拉机的男人问。

我们都点点头，谁也不说话。新闻里，那些在路上坑人的情节，不断在脑海里闪现。事实上，我和老三对这帮人，都是不信任的。这样的雪天，一定得付出高昂的费用，才能得到帮助。这社会不就是这样的吗？

开车的跳下来，打开引擎盖，鼓捣了一会儿，说，发动机故障。

老三赶紧说，师傅，我们已经在给修理厂打电话，很快的。

那男人也没答话，回到车上，拿出一些工具。车上其他人说，好冷啊，赶紧走吧！那男人说，没事，几分钟的事儿。

说着，俯身下去，没几下，抬起头来，冲我们说，上去发动试试。

老三这时候还没找到修理厂的电话，就半信半疑地上去发动，果然能发动了。老三跳下车，给我要钱包，这厮出门竟然没带钱包。当老三拿着我的钱包想去问问需要多少钱的时候，那个男人已经回到拖拉机上，在突突突的声音中，大声喊，走啦，雪大，开车小心点。

谢谢啊！我和老三异口同声地说出衷心的感谢，只是拖拉机声音太大，恐怕他也没有听到。

你看，这一比较，我们就小肚鸡肠了，这世界还是有好人的。老三坐在驾驶座上，大发感慨。

我若有所思。虽然天空下着雪，可我们都没有感觉到寒冷。

人海茫茫。那么多的人，和我们短暂相遇，留下温暖，从此永别天涯。

谢谢人海中这些未曾留下名字的人吧！在途中，他们给予我们的温暖，也让我们充满力量。而我们能做的，是一句简单的"感谢"吗？

我想，每一个人，都不仅应该学会接受善意，还得学会传播善意。在这茫茫途中，在这冷暖人间，总有那么人需要帮助的人等待我们的温暖。并不是说要轰轰烈烈，只是，在最恰当的时候，在刚刚好的时刻，做一些我们力所能及的事情。

一个眼神，有时候也是陪伴。

四月不转弯

1

雨还没有完全停下来，她就迫不及待地跑出门去。

转过小弄堂的一瞬间，很突兀地撞上他，猝不及防，手里的油纸伞晃悠悠地掉在地上。对视那一瞬，两人的目光湿漉漉的。是那种看来温文尔雅的男子，始终保持谦和的微笑。她的心猛地一收，紧紧颤了一下。他拾起地上的伞，交给她："真是抱歉，你有没有什么大碍？"又是微微一笑，从她的身边擦过。远去，是空悠悠的弄堂，蒸腾着雾气，她的目光在他远去的雾气中凝滞了好久。

第二次遇见，依旧是在朦朦胧胧的雨中。那天出门走得急，忘了带伞。大雨来得突然，匆忙跑到低矮的房檐下的时候，他已经在那儿擦拭额头的水珠。"咦，是你？"她叫出声来，旋即就有些后悔了，觉得太不懂得矜持。他一时没有将她认出，怔怔看她。在她犹豫着要不要解释的时候，他恍然大悟的样子。"哦，是你！"

"那次撞到你，真是唐突得很。"她说，"当时是忙着给卡卡买吃的。"

"卡卡？"他皱了一下眉头。"也就是一只猫。"她笑着解释。卡卡是一直陪伴自己的猫。

他也就笑了，说："养猫的女子都是感性的。"她的脸微微发红，是因为想到了"性感"这个词。

雨停了，她却没有发觉，叽叽喳喳说不停。他在一旁欲言又止好久，说："我有事忙得先走了。"他递过来一张名片，再联络。说话的时候，轻言细语，声音柔软，像丝线一样缠绕耳畔。

低头看名片，回味他的声音。抬起头来，他的背影已经远去。真是一个特别的男子，她心想。

夜里，她在日记本上写下：4月5号，一场雨似一场梦，因为这个突然撞进生活来的男子，这个四月注定有特殊的意义。

2

给他打电话，是在下午四点过。此时卡卡安静地睡在她的双腿上，发出轻声呼噜。他低声说："正在洽谈生意，完了回电。"也不等她说话，就挂了。越是这样干脆，越是让她剪不断那一种挂念。

接下来的数个小时，都在等他的回电。心里有说不清楚的感觉，是难忍的。电话响起来的时候已经过了三个多小时，她已经睡着，迷迷糊糊接了电话。"是我，"他说，"很抱歉，现在才谈完生意。"只一下子，她就清醒无比。问他在哪，然后急匆匆收拾自己，出门去找他。

一起去喝茶聊天，是夜幕降临的时刻。两个才认识的人，彼此都还没有深入的了解，坐在一起谈天说地，轻车熟路得像是老朋友。

他告诉她，他来自邻省的大城市，有一份看起来体面的工作，拿着可观的薪水，似乎很是幸福。然而只有自己知道内心的焦灼与无所适从，于是借着出差的机会，慕名前来这个小城。"遇到你是一种注定的缘分。"末了这一句，说得她心加速跳动，面颊微热，如同文火轻灼。

她给他讲自己的生活，很平淡地叙述，像讲述别人的故事。写简单但词句柔软的故事，一个人住不大不小的房子，有一只很喜欢的猫，偶尔外出，为人和猫储备食物，鲜有跟外人直接接触。说完了，"嘿嘿"地冲他一笑，狡黠地露出洁白的牙齿。

"你应该走出来与人交往，否则对你不好，长久独居会造成心理压抑。"他说的时候眉目柔软，眼含温情。她的心很快地软了下去，心想，这是一个懂得自己的男子。

他送她回去，沉默着并排往前走。彼此都没有说话的意思。四月的南方小城被雨雾弥漫，走着走着，两人的头发都湿了。临别，他叮嘱她："回去把头吹干，否则容易着凉。"

因此，她的心一直都是暖暖的。

3

他总是在深夜里打来电话，说一天中的事情。声音有时候是疲惫的。她就说："一定要照顾好自己。"

在他空闲的日子里，她就陪伴他行走在这个小小的城市里，给他讲述每一个景点的由来，带他品尝有当地特色的美食，夜晚在街灯下低声交谈。是幸福的事情，因此乐此不疲，心里有着自己小小的计划。

四月中旬的某一天，他要去陪客户吃饭，问她可否一同前往。她不喜欢应酬，但因为是他所邀，就满心答应。席间杯盏往来，他喝得微醺，过来问她是否习惯。用很关心的眼神和语调。她摇头又点头，说："还行。"看着他的样子，微微心疼。

以后有几次，他们一次和客户吃饭，他都是极力少喝。

她一直想，这是一个不容错过的男子，相识虽是太短，但是来日方长，小小的心思不是没有可能。

4

四月眼看就要结束，纷纷扬扬的雨还在下。按照他所说的计划，四月结束就要回去，继续以往的生活。想到此，她就心急。无法否认，这个男子，她是喜欢的，但是却从未说出喜欢和爱。不是不敢，而是觉得时机未到，一直在告诉自己，缓缓再说。

他的行程突然提前，来电话邀她碰面。说："最后一次，算是你为我送行。"

是经常光顾的那家茶楼。是熟悉的靠窗位置。是温雅如斯的男子。是细雨飞扬未停歇的四月末。雨季未完。

"不是要四月结束才会走吗？"她问他，这样走得太突然了。

他说："行程提前了，反正早晚几天都要回去，何况家里又有点急事，不回去不行。"语气是平淡的。

她问："有什么急事？"问得激动，似乎是要追根究底了。

"孩子昨天发高烧，现在正在医院躺着，心里放不下。"

"孩子？"她惊讶道，心里震了一下。

"是呀。"他凑过来，给她看手机里的照片。漂亮的女人怀抱孩子坐在客厅的沙发上，目光平淡。他在旁边说："孩子现在两岁了，老是爱哭，不听妈妈的话。"

卡在嗓子里的话说不出口，"哦"了一声，再无话说，渐渐也就感觉到聚会的无聊来。

回去，就成为了一个人的事情。

不是他不送，而是她不允。在细雨中独自慢行，到家的时候一身湿透。

无可否认，心里，是有恨的。

5

一个人远行，强迫忘记他。一份暧昧走到后来，到底是自己陷入了困境。想来是不值得恨的，如此喜欢玩暧昧的人，走了也好。

多年后，她还是孤身一人，和卡卡一起，住在原来的房子里，写自己喜欢的文字。有一年夏天去参加一个笔会，在他的城市，竟然遇见那个他手机里照片上的女子，是主办方杂志编辑。看来是温柔安静的女子，微微地冲她笑，告诉她："其实，他只是我的弟弟。"

恍然之间，感觉自己一直陷在一个巨大的骗局，这么多年了，自己还在苦苦挣扎。他，终究是骗了她。跟他的姐姐有过长久而深入的聊天，才知道，遇见她的时候，他已经身患绝症，弥留之际，口口声声叫着的，是她的名字。

回去。在熟悉的城市，已经陌生了的他的记忆，一点点地复活起来，走到哪里，都是关于他的回音。那年四月雨中弄堂里猝不及防的相遇，深夜路灯下若即若离的依靠，茶楼里简单的话语，相望时温文尔雅的微笑……一寸寸，鲜活地存在着。

又一年四月，路过他的城市，去看望他，买大把的鲜花，站在他的墓前。微风吹过，恍然间，她觉得自己仿佛置身细雨蒙蒙中小小的弄堂，一个人孤寂地走着，耳畔有个声音对她说："哦，是你——"

像一个隔世的梦境。

1

十九岁的权新指着同样十九岁的小词说："你真的是一个神经病。"

哎呀，他真是的烦死了，怎么会有这样的女孩，长相一般却行事高调，不害羞还不依不饶。总之，他受够了，他要摆脱这个无时无刻不像个影子一样跟着自己的跟屁虫。

可是小词说："对呀，我就是一个神经病，就神经病怎么了？神经病，也是因为喜欢你。"

"喜欢你，是一场倔强的神经病。"学着对方的语气咆哮完后，小词还不忘煽情地总结一句。

2

在方城这所具有百年历史的中学里，没有不知道权新的。

省城来的转校生，长得帅，身世显赫，年级第一，美术作品曾获全国奖项，在学校文艺晚会上唱过好听的歌，校报上经常出现他优美的小诗。篮球场上也有权新矫健的身影，升旗时步履铿锵地在众目之下踏步前行，而学生活动发言时又是学生代表的首要人选。

总之，在方城三中，权新就是一个标杆，就是众人看齐的方向。女生爱慕，男生羡慕嫉妒恨。

也可以说，在方城三中，没有哪个姑娘不喜欢权新，没有哪个女孩不想和权新谈一场恋爱。晚自习后，就算关掉校内所有的路灯，女孩们欣赏的目光，都足以把权新脚下的路照亮。权新的人气和影响力，还真是一时间无法用文字来描述的。

简而言之，权新每天收到女孩们的情书，并不是什么稀奇的事情。

喜欢权新的女孩那么多，却只有小词敢这样大胆这样直白。

3

小词是谁？

在对权新表白之前，无人知道谁是小词。小词就是方城三中校门口墙壁上贴满的广告纸中的一张，虽然每天都被人看到，但却从未被记住。

我的意思是说，小词是一个普通得再也不能普通的女孩。长相一般，成绩一般，除了每天读老师认为不务正业的课外书外，小词还真没有其他诸如绘画音乐美术舞蹈之类的特长。

要说小词有特长，那就是勇敢和大胆——要不，她怎么敢当着数十人的面大喊：权新，我喜欢你。

这事发生在某一天的放学后。当时全校学生泉涌而出，因此方城三中那个有些沧桑的校门看起来就更加沧桑无力。小词就站在人流中，面向人流的来向，看着数米外在一路女同学花痴的眼神中走来的权新，喊出了那一句让她一瞬成名的话。

权新在那一刻像个手足无措的小孩。这也太离谱了，太离谱了。他因此而面红耳赤，愣愣地看着这个突然冒出来的女孩。陌生的，但又似乎在哪里见过。

路人都起哄起来，等待一场好戏的上演。

小词把这场精彩的戏给顺当地延续下去。"权新，我喜欢你。"

"神经病。"权新随后落荒而逃，"神经病"三个字都说得弱不禁风，很快消散在起哄声中。

小词在他身后拥挤的人流和四周砸来的目光中，仰天得意地哈哈大笑。

4

这一年，他们都才十五岁。权新从省城转学来到方城，插班进入初二某一班。

他们都初二，在不同的班级。

正当身边的女孩们都将权新当作梦中情人的时候，小词竟然不知道学校里有这么一号人物。对外界，她缺乏关注，不像那些没事就到处寻找好看男生的女同学，把校内大小事情都掌握到位。

直到有一天中午，小词无意间拾起地上的一张校报并不经意一瞥看到权新的一首小诗。她读者心里一颤，妈呀，真酸。赶紧与同桌分享："你看这个诗，好恶心呀！"同桌抢过校报，说不许你玷污我们家小权新。同桌的话和表情比权新的那首诗还让人恶心，但足以引起小词的好奇心。

于是，在听了同桌天花乱坠的描述，并看了权新的照片后，小词一秒变成了权新的脑残粉。那首数分钟前还让她鸡皮疙瘩层起的小诗，一秒之间竟然美到动人。

一星期后，有了上文提到的那次让人惊异的表白。

5

权新真是一路心惊胆战地逃回了家。

他见过很多喜欢自己的女孩，但从没有遇到这么不要脸的一个。是的，在日记里，他用"不要脸"来形容表白的小词。

当他写完日子，又忍不住想，这个不要脸的女孩是谁的时候，就收到了小词的短信。

"权新，我叫小词，就是今天在校门口给你表白的那个。"

他再次心惊了。这真的太离谱了。"你为什么有我电话？"他问小词。

"我不仅知道你电话，我还知道你在哪个班，坐那个位置，喜欢什么零食，课余喜欢什么活动，回家走什么路，你还有连自己不知道自己喜欢的东西么？我可以告诉你。"

权新瞬间有种被监视的感觉，这真是太荒谬了。十五岁的权新有些气愤地关掉电话，这种不被社会提倡的事情怎么就会发生在我的身上。

6

小词之后像鬼魅一样，缠上了权新。

买早餐，送书籍，在他打篮球的时候抱着饮料坐在阶梯上，在台下花痴地看着他在台上弹钢琴，租来傻瓜相机整天偷拍他的一举一动，放学后死缠烂打跟着他走好一段路……总之，一切青春年少幼稚无知的恋爱中的女孩们都会做的事情，小词都毫无犹豫地做了。重点是，小词并没有恋爱。

小词家住城西，权新住城东。于是每天晚自习后，同学们就看见小词特励志特下贱地屁颠屁颠地跟在一言不发的权新身后，然后又一路小跑气喘吁吁哈巴狗一样子窜进家门。

"别跟我。"

"我就跟。"

"神经病。"

"我就神经病。"

从初二，到初三，到高一，再到高三。

近五年时间，权新一路逃避，小词亦步亦趋地跟。

7

从一个最初的恶作剧似的盲目随大流却又勇敢直接的表白，到五年坚持如一的跟随；从最初的不可理喻讨厌心烦排斥，到逐渐的妥协变换语气和态度又到最终成为好朋友。

这是时间渐变的流线。是年岁渐长给予他们的礼物。

十九岁。高三。毕业会。

拥挤的小餐馆。人声鼎沸，杯盏往来。

小词一口气喝完瓶中的啤酒，摔掉自己喝完的第五支啤酒瓶，颤颤巍巍地起身，绕过喝得烂醉的同学们，在门口的树下找到蹲在路边的权新。

"权新，你给我站起来。"小词霸气十足，突出酒气，说着话就要倒下去。

权新赶紧扶住她。"你神经病，喝那么多干什么啊？"

小词抱住了权新，借着酒精的作用，含糊地说："我喜欢你。"

权新久久无语。五年，说来长过起来短。

小词一动不动。权新摇了摇她，她竟然那么快就发出了细微的鼾声。

毕业会之后，权新就消失了。

小词找遍了所有可能的地方，都没有寻到他的踪影。他在方城的家，也已经人去楼空。班主任表示，权新留下的电话，已经是空号。

8

多年后，小词想起那年高三的毕业会。她模糊的记忆，根本无法还原那晚上和权新的对话。好像是曾问他要考什么学校，也好像什么都没问。她唯一记得是，是他说："你神经病！"

总之，因为权新的消失，小词和权新同一个学校的梦想落空了。在数年的大学生涯中，时间的淬炼中让她长成了温软平和的女子。日渐远去的时光中，她一点点看淡曾有的那些疯狂的不知天高地厚的事情，权新也成了记忆深处最美的风景。

后来很多时候，小词会想起那时候的自己，勇敢，张扬，不知天高地厚。她想着想着就笑了，好像身临其境，权新就在身边说："你真是个神经病。"而她还是意味的张扬："喜欢你，就是一场倔强的神经病。"

喜欢你，是一场倔强的神经病！时隔多年，小词有了属于自己的爱情，像当年喜欢权新一样，爱着身边之人。当她想起旧时光，想起当年的权新，就会在心里默默地说：但愿你的人生，每一刻都那么美好！

烟花记得那年的小孩

夜空中，烟花恣意绽放，你的面容浮于流光。记忆如同海藻，一点点升腾起来，你的脸如水中的涟漪，散淡开去，直到看不见……原来，时光流转，烟花记得那年的小孩。

【记忆里，你是愈久弥新的风景】

这年春天的某个下午，和一个新认识的朋友，穿越三个小时的山水，站在方城那座老校门面前。方城的天空和多年前一样蔚蓝，阳光明晃晃的地压在身上。我伸出手在眉头遮挡太阳，熟悉的老保安的脸一下子就映入眼帘。"是你啊！？"我嘿嘿傻笑。他说："还是几年前的样子。"

老保安邀请去传达室里小坐，谈了一些新近的生活。他突然想起什么来，说："你等等。"旋即从存放信件的箱子里拿出落满灰尘的信件。"给你的，放在这里一年多了。"我有些失神，落款是你的名字——安然。邮戳是两年前的六月，也就是我参加高考的那个六月。

安然。安然——

突然就像时光轮转，你站在我的面前，像个天真的孩子。问我："你就是高二（1）班那个叫做姚牧之的诗人？"

"是啊，不像吗？"我轻声说。

"这是你的信件，班级写错了，投到了我们班的信箱里。"你白皙的手将信件递过来。"接啊，发什么呆？"

"谢谢！"我回过神来。

转过身，你似乎说了什么。我赶紧问，你说什么。你大声地说："我以为姚牧之是个女生呢！"

"再说一次，我揍你。"我不是第一次遇到类似情况，早已习惯了这样说。

"我以为姚牧之是个女生呢？哈哈，来打我啊……"

你跑起来的样子，好看极了。"我以为姚牧之是个女生呢。"跑去好远，你还不忘加上一句。

我记得，那天，你穿咖啡色的格子衬衫，蓝色牛仔裤，白色球鞋，散乱着头发……

多年之后，恍然发现，时光再匆匆，记忆里，你却是愈久弥新的风景。那么鲜活，如同生命。

【你，以及粲然如火的年月】

那时候我们都学文科，我在高二（1）班，是学校所谓的重点班。你在高二（4）班，就是普通班。自从传达室认识后，每次在路上撞见，你老远就喊："诗人。"搞得周围的人都转眼看我。看着我窘迫的样子，你在一边傻笑。

后来你说："你要敢欺负我，我就每次都喊你诗人，还要告诉所有人你就是那个专门写酸溜溜的情诗的傻瓜诗人。"

我争辩："我写的哪里是酸溜溜的情诗？我写的那是具有深度思想

的哲理诗歌。"

"屁——，哲理诗，就是情诗，还狡辩。"你一向的大大咧咧，说出脏字也不懂得遮掩，还"嘿嘿"笑。

"至少是朦胧诗吧，知道朦胧诗吗？你看人家舒婷大妈，致橡树——多阳刚的题目啊，爱呀爱呀的，人家多朦胧！再说了，你能不能淑女点，还说'屁'。多丢人呐你！"

……

我总是打击你不是淑女，你总是嘲笑我是个"诗人"。这都不过是偶尔的事情。我们很少碰面，有时候遇见了，我给你打招呼，你会突然说："你是谁啊？我认识你吗？"然后一扭头走了。下次遇见，你又老远就喊"诗人"。

每周三下午的体育课，高二（1）班竟然是和高二（4）班一起上。这还是大家争取来的，按照可恶老班的意思，高考不考体育，体育课应该取消，用来自习或者上其他的课，全班同学敲打桌子——不行不行，跟喊口号似的。老班没办法，说："上吧上吧，和高二（4）班一起上。"因为我们两班同一个体育老师。

说是体育课，其实也就是休息，想踢足球的踢足球，想打篮球的打篮球，什么也不想干的，教室睡觉的有，墙角聊天的有，树下乘凉的也有。

于是，每到周三下午第二节课结束，高二（1）班窗外就会出现一个小脑袋。"姚牧之姚牧之，上体育课去。"

同桌说："你女朋友啊，不错啊，不过千万不要被老魔头发现。"老魔头是我们私下给老班取的绰号。

"什么女朋友呀？？是哪里人都还不知道，只知道叫安然。"

同桌马上高声对着窗外。"安然，姚牧之让你等一下，他马上来。"任我制止都不停止。

于是，我只好拖着半睡半醒的身子，走出教室。后面是一阵哇啦哇啦的起哄声。

我会说："你毁了我的睡眠。"

"我这是帮你锻炼身体，不然高三备考，你是怎么死的都不知道。"说得好像你才是我的班主任。

【小兔子及笨笨熊】

"我们是怎么熟络起来的呢？"

你说："忘记了。"

虽然同桌都以为你是我女朋友了，其实我们真正熟络起来是在上了高三之后。

那时候高一高二不上晚自习。到了高三，开始晚自习，每天晚上三节课，前两节老师讲课，最后一节学生自习。好像是第一天上晚自习，最后一节课，我埋头在课桌上小睡，听见同桌喊了一声"安然"，扭转头，你就一下子从后门窜了进来。像只小兔子，这是后来我用来打击你的。

当时我说的第一句话是："你干什么？"同桌趁机跑到前面，你在我旁边安坐。你说："这自习上得无聊很，过来找你聊天。"

以后每一天晚自习最后一节，你都准时出现在后门。

那次班主任不知道为何突然杀出来，问你是哪班的。我吱吱呜呜说不出话来。倒是你大方，说："4班的，找姚牧之学习写作文。"

"这理由充分而无破绽，全班人都知道，姚牧之每月在报刊发表作品，年年拿学校征文一等奖，找姚牧之学习作文再正常不过。看看我的反应多快，理由多充分。班主任老师明知道没有这么简单，但是也无可奈何。哪像你，笨笨熊。"老师刚走，你就开始自夸。

我怔了怔："什么？"

"笨笨熊，我说你是笨笨熊。"你没好气地说。

"刚才那一句。"

"就笨笨熊，别想否认。"

"前半句，什么没有这么简单。"我傻傻地转不过头来。

你一下子失语了。"我有说吗？我没有说啊。"

那晚剩下的时间，突然就没有了话题，我看我的小说，你玩你的手机游戏。

后来你叫我笨笨熊，说我面对老师，脑袋跟木头一样钝。为了发扬老祖先礼尚往来的优良传统，我叫你小兔子，谁让你每次都像个兔子一样奔奔跳跳从后门进来。

你嘿嘿笑。"小兔子就小兔子，总比笨笨熊好，笨笨熊丑死了。"冬日难得的阳光下，你笑得花枝乱颤。

然后是考试，补课，放假。除夕的夜晚，我在老家的小山村，点起烟花，电话响起，是你的声音："姚牧之，我在放烟花哦。"

璀璨的烟花在山村的夜空绽放，美丽极了。"我想你！"我不知道怎么说了这么一句。"什么？大点声，你那边吵死了。""没什么，春节快乐。"我突然没了底气。

回到学校，收到你送的小礼物，粘贴在上面的便签上写着隽永的小楷：亲爱的笨笨熊，要快乐，小兔子。

我在同桌的起哄里放声大笑。"笨蛋安然，不要喜欢上我哦。"

"谁爱上你啊，不要就给我还回来。"

"不还，哈哈。"

你大叫着："该死的笨笨熊，还回来。"

【兵荒马乱的毕业情节以及未知如盲的未来】

寒冷的冬天终于过去。春暖花开，我们突兀地撞进紧张的复习生活，教室后面加了一块小黑板，上面写着班长难看的粉笔字——高考倒计时XX天。每周末都要补课，就连难得的晚自习最后一节课，也要留给老师讲测试题。

同桌从外面进来。"姚牧之，老魔头找你。"老魔头就是班主任。

"找我，兄弟，今天不会是愚人节吧。"老魔头想起来要找我，难得啊，除非是出了什么事情。

在老魔头的办公室里，气氛有些紧张。半个小时后，从老魔头的办公室出来，回教室的路上，老魔头的话还在耳边回响——"不要以为我不知道你和安然是怎么回事，我只是不想影响你学习，马上要高考了，这些感情的事情还是放一边的好，你成绩不错，再努力一把，还是有机会上重点的。"整个过程中，我没有说一句话，离开的时候，我说："老师，你信不信由你，我和她没有你想的那样。"

周日下午是休息时间，你拽住我压在试卷下的脑袋，将我拖出教室。"怎么这么消沉？"我说："好好学习，天天向上，我可是有志青年。"

"哎，你知道吗？我们班主任找我谈话了。"坐在足球场的观众席上，你说。

"谈什么？"我紧张地问。

"你这个同学呀，什么都好，就是贪玩点，好好努力还是有前途的，不要沉迷于恋爱，等到高考完了再谈也不迟……"学着老班的模样，你边讲边笑。

"哎呀，小兔子恋爱啦，对方是谁呀，有我帅吗？"

"该死的笨笨熊，你真是笨呀，老师说的就是我和你。老师真是笨蛋，比笨笨熊还笨，小兔子怎么会和笨笨熊恋爱呢，都不是一种物种啊。"你傻傻地笑着说。

"也是啊，小兔子怎么会和笨笨熊恋爱呢？"

我这么说着，却不知道什么原因，心情一下子失落了许多。

那些匆忙的生活，每天晚自习再没有你陪我聊天。教室后面小黑板上的字数越来越小，高考迫在眉睫，我们越来越忙。偶尔在走廊里撞见，也只是匆忙打招呼，然后分开，各自奔向自己课桌上摞高高的试卷和参考书。

六月，终于还是到来了。6月6号晚上，突然接到你的电话："姚牧之，你一定要好好考……"

我心里突然酸酸的。

考试结束后，是繁杂的事务：写同学录、拍照、开毕业晚会、聚餐……

毕业晚会都在一个晚上，进行到一半的时候，你从自己的班级溜出来，端着酒杯站在我面前。"姚牧之，喝一杯。"我听得出你声音的颤抖，心也跟着颤抖起来。你的眼睛似有湿润，你却大声骂道："他妈的，谁喷的啤酒，搞得我满脸都是……"

我的喉咙里突然被什么卡住，说不出话来。毕业晚会，两个班就我们俩醉得一塌糊涂。

兵荒马乱之后，是漫长的等待，未知如盲的未来。

【原来，烟花记得那年的小孩】

转眼，好多年过去了。

我终于还是辜负了老师的期望，没有考上重点，到林城的一所民族院校学中文。你呢，北上，在一所专科学校里学旅游管理。偶尔在网上撞见，聊一些生活中的小事。说起高中的生活，你说："姚牧之，其实，我那时候是喜欢你的。"

我终究没有和你说出那一句话。"我们总要长大，有些事不能继续就让它过去吧。"我记得同学录上唯一一个同学留言是这样写的，留言的下面，写着好看的两个字——安然。

这个春天的那个晚上，我们在方城的一个小旅馆里暂居。朋友不是本地人，死活要出去逛夜市，留下我独自站在窗前，撕开两年前你的信件——那时候，我们都已经离开方城，在各自的老家，等待高考的消息。

你写给我的，只是简单的几个字：你若安好，便是晴天。多么俗套的一句话啊，我禁不住笑出声来，是在哪本恶俗的书上抄来的吧？

不知道是对面哪家有喜事，突然就放起了烟花。想起多年前的除夕夜，山村的夜空中绽放的烟花，多么美丽多美璀璨。抬头，粲然的烟火决然地释放自己短暂的光芒，光彩流离中，突然浮现你的面容——

"你就是高二（1）班那个叫做姚牧之的诗人吗？"

"是啊，不像吗？"

"我以为姚牧之是个女生呢！"

……

一切如同旧梦。原来，任时光流转，世事变迁，烟花永远记得，那年的小孩。小兔子早已不是那年的小兔子，笨笨熊也不再是曾经的笨笨熊，两个不同的物种，能够相遇本来就是幸运。

你说呢？亲爱的小兔子。

第三辑

别丢掉，你最初的梦想

成人礼

逆着阳光，他抬眼看我。眉宇清秀的男孩，眼神沉和，表情安宁。他在我身边坐下来，问："你是若非？"我点头。我们自此成为朋友，然而话不多。通常情况下，我写我的故事，他努力学习，为了未完成的梦。很少言语，但眼神彼此都懂得。

一年时间转眼逝去。临近高考的时候，他突然说："若非，我要你写下这个故事，我的故事。"

傍晚时分，牧凡从那幢六层高的教学楼出来，背上背着十多斤的书包。抬腕看表，时间是下午7点过5分，离晚自习开始只有25分钟。举步向前，逆着赶去上自习的人流，向校门走去。

他低着头，像怕被人发现似的，匆匆地走。

"哎，牧凡，你去哪？"李小落在人流中叫他。李小落是牧凡的同桌，一个不是很漂亮但可爱的女孩，成绩一般，但很努力。牧凡喜欢她，是因为她善解人意，当心里有不顺心的事情时牧凡总能在她那里找到安慰。

牧凡被吓了一跳。他抬起头："我，我，我出去一下。"

说完快步离开，确切地讲，是逃走。他害怕李小落继续问下去。他开始是想告诉她自己是准备逃课的，但他清楚一旦李小洛知道真相后一定会生拉活拽将自己弄回教室去，所以他没有说。

出了校门，牧凡把书包寄存在一个认识的百货老板那里。他去了网吧。是的，2008年5月，离高考不到一个月，兵荒马乱的毕业时节里的某一个黄昏，高三学生牧凡在他紧张的备考生活里偷偷地跑去了网吧。在网吧，他聊QQ，写日志，读诗歌，看电影。整个过程中，他一直处于一种亢奋的状态。然后，在走出网吧的时候，给李小洛发了一条短信：对不起，我骗了你，我去了网吧。

出乎牧凡意料，李小洛在数分钟后回信，说：刚才看你一直没回来，就猜想你去那里放松了，玩玩可以，记得努力备考。

李小洛是一个不是很漂亮但是可爱且善解人意的女孩，同样是一个麻烦的女孩。用牧凡自己的话说就是"真是比我妈还啰嗦"。

牧凡不喜欢他的母亲，因为她真的很讨人厌。她总是在牧凡听音乐的时候大声咆哮着切断电源，或者是在牧凡玩篮球的时候毫不客气地收了他的篮球。牧凡害怕跟母亲一起吃饭，因为母亲总是借吃饭的机会向自己灌输她所谓的辛酸成长史。她谈她的苦处，谈她在丈夫死后是多么努力只是想让儿子过得好一点，为了儿子她什么也不要了，儿子是她的生命的全部，所以他的儿子牧凡必须努力学习考上大学。因此，她剥夺了儿子除了学习以外的一切自由。"你恨你妈也行。"她总是这样说，"但是你是我的儿子，你必须听我的，好好学习。"

牧凡不喜欢她，甚至有点恨。而李小洛总是说："牧凡，你不应该恨她，真的，总有一天你会理解她的苦心。她爱你，不过是有些极端。"

牧凡不是一个极优秀的学生，但也不至于一无是处。如果不出意外，上个本科不是问题。

"不是我太自信，我是真的害怕，在即将高考的时候，越是绷紧神经越容易出问题。"他这样对李小落解释，"所以我忍不住去网吧，我要放松，想发泄。"

李小落并没有像往常一样和他纠缠，李小洛的安静让他有些不适应。这太不像以前的李小洛了，以前的李小洛应该像他的母亲一样对他进行苦口婆心的劝导。但是，李小洛出奇的理解他，她看看他的眼睛，告诉他："不管怎么样。只有几天了，我希望你把握好自己的时间。"

时间是2008年6月1号，离高考只有不到一个星期的时间，牧凡又一次去了网吧。之后，他和李小洛进行了上面的对话，只是她的善解人意让牧凡感到有点内疚。

黑色风暴即将来临，每一个待考的人都像风暴袭来前的农民，小心而紧张地照顾着自己的庄稼。在这样的氛围里，人们疯狂地传着大头贴和同学录，拍照或者签名，离别气息过早地弥漫整个拥挤而闷热的教室。

高考的前一夜，母亲又在饭桌上重申了她的态度——必须上大学。母亲说到后来，竟流下眼泪来。牧凡在她的口沫里又复习了一遍她悲壮的历史，然后有些厌恶地对她说："你别总是哭，动不动就掉眼泪……"

深夜，牧凡给李小落发短信：她又在我的面前掉眼泪了……

李小落回信：别厌恶她，她太爱你，你终会明白。

牧凡叹了口气，将头枕在被子上，看着白色的天花板。他感到有些迷茫，如同一只在茫茫大海上空飞翔的老鹰，忽然之间就失去了一切方向……

6月7日的早晨，母亲早早起床，给牧凡准备早餐，还特意准备了一杯牛奶，告诉牧凡说，不管你以前多么不喜欢牛奶但是这两天请听妈妈的话乖乖喝了它。而牧凡竟十分听话地点了点头，这让母亲显出喜出望外的样子来，她蹦跳着说："我儿子长大啦，呵呵。"

牧凡在这个时候发现了母亲的白发和皱纹，他的心酸了一下。母亲还很年轻啊，可是却有了白发和皱纹。想着这些，牧凡有些自责地去了考场。

两天的考试时间母亲变得什么事情都小心翼翼。早上目送儿子去考场，然后挤在一大堆家长里面等待儿子，说话总是很小心地不提一个有关于高考的字眼。好像考试的不是儿子而是她自己，所以她竟一改以前晚睡的习惯，早早入睡，早早起床。

6月8日下午，考完最后一科走出考场，牧凡放松地努力吸了一口气，又慢慢呼出去。他感觉到从未有过的轻松。

打开关机两天的电话，看到李小落的好几条短信。

"牧凡，放松心情，加油……"

"看见你妈妈了，她挤在人群里，她还年轻啊，可已经有了白发……"

"我说过你会懂她的，不知道你懂了没有……"

牧凡一条条很认真地看完，然后回道："谢谢！"

出了校门，很容易就在人群里找到母亲，牧凡跑到她身边："妈，我想一个人走走，您先回去。不管我什么时候回去，别担心我。好不好？"

母亲答应了她。

他去了网吧，而且通宵。第二天老实地告诉母亲。母亲笑了，说："高考结束了，放纵一下也行，去睡觉吧！"

牧凡转身上楼，一颗滚烫的眼泪掉了下来。

几个月后，牧凡平静地坐在我的旁边。阳光洒落在他的身上，他的笑和阳光一样灿烂。他的大书包静静地放在一边，和他一样的沉默安静……

高考揭榜，出人意料却似乎又在情理之中，他的分数离二本线只差7分，他麻木地看着分数，想不清楚是哪里出了问题。拒绝了老班的志愿表，他决绝地回了家。"妈，我要复读。"没有理由，他淡淡说出口。母亲切菜的手顿了一下，说："好的，你自己选学校，妈支持你。"

李小落去了外省的一所大学，她超常发挥，也算她没有白努力。听到牧凡选择复读，她也只是平淡地说："很好啊，只要不是放弃，就代表前进。"

这个睿智的女孩，总是让牧凡感动。

牧凡选择了复读，插班到我所在的班级。他平静的笑总是让我感觉安宁和平和。

我终于提起笔来，准备写这个故事的时候，收到牧凡从江南发来的短信。他说，若非，一个人的成长，不是年龄上的事情，而是经历一些事情，所达到的蜕变。

我在贵阳的夜空中，想起一些遥远但刻骨铭心的旧事，呢喃道，是这样的吧！

把人生每一步都当作高考

大清早，突然下起了雨，真是奇怪了，昨日还艳阳高照，天气预报也说今天有二十几度，怎么就突然下起了雨呢？我在对天气预报不靠谱的吐槽中慢步去往单位，于朋友圈刷到友人的动态："明天又要高考了，现在就开始下雨，是高考雨开始了吗？"配图，是一幅中城市朦朦胧胧的面容。

我心中一怔，是呀，又是一年高考时。高考雨，好遥远的词汇了，想一想，记忆中每一年高考前后，都会有雨。无论大小，总要下一场的，要么淅淅沥沥雨雾弥漫，要么闪电雷鸣如同瓢泼。雨，是要为即将步入高考的孩子们消暑吗？还是配合高考这样的人生大事而营造紧张氛围？无从得知，但那些潮湿的气息，跟高考一样，烙印进了我们的心里。每每一到高考，大家就说，又要下雨了。

突然想起十年前我的高考来。往事大多已无从详细记起，只有辗转反侧的夜晚、打雨伞走过水珠滴答的屋檐去往考场的清晨、开考第一场略微紧张的上午、做题做到恍惚觉得自己身在教室而非考场的下午、狂欢的毕业晚会、有话难言的分别时刻、煎熬着等待成绩的漫长时光……往事如同默声片，它们无法构建宏大的人生叙事，却点点滴滴敲进内心深处来。

十年时光已经逐渐销蚀了我的记忆，对于阔别十年的那场高考，能记得的基本只有那些零碎的片段了。但有两件事，忆起来，让人心生感触。

作为一名农村到县城读书的孩子，我和城市孩子不同，幼时离家，等到高考时，已在外租房生活六年，家人对我学业的关注，仅限于他们问我回答，不得要领，不知巨细。高考这件事，我以为，无非是我只身一人的战事，独自出征，独自返程，结果高考前几天，二哥突然来了电话，说要到县城陪我。我虽然心里觉得没必要，甚至觉得家人来陪会让同学朋友觉得我矫情，但又不忍拒绝。等到他来的时候，又多了姐夫和表哥，那几日他们在县城照顾我的起居，白日里在我的租房打牌、做美食，夜晚三人挤在一间价格低廉的狭窄旅馆，等我考完后，又帮着我把几年高中生活的物什搬回老家。对于城里人，这样的事情太过平常，但对于独自求学，习惯独自面对世事的我来说，多年后想起来依然心生温暖，让我有一种"不是一个人在战斗"的幸福感——是关心和爱护我的家人，陪我一起高考，一起面临人生的第一次重大事件。

每年高考时，都正是插秧的季节。那时候我们家还耕种水田，高考回到老家，我也挽起裤管打着赤脚，和家人一起，下田插秧。日复一日，把那些密密麻麻的秧苗移植到平整的水田里面，偶尔在劳累后看着田里整齐的稻秧想及未来。家人都商量好似的，不曾问我考试的情况，这也是我乐意的，因我不知道，如何向关心我的人，袒露那一场考试的感受和自身的预知。有一天中午，我们从田间回来，一家人围桌午餐，不知道怎么突然谈到了我的未来，对于万一落榜后的打算，父亲和二哥产生了争执，其实的他们的意见都是让我复读，只是说法不同。父亲文化水平极低，词不达意，二哥性子急，易动气，没几句话就吵了起来，母亲也慢慢加入其间。我夹在中间，一时不知道如何是好……后来是怎么平息的已经忘记了，因为一家人再怎么争吵，依然要一起下地干活，继续在无尽的日常里面维持一贯的生活状态。但他们争执起来的神色，我还能想起来，那是关乎我未来的争执，说的是气话，隐藏的是关心。

如今高考已经成为我人生中遥远的事情了。十年光阴一晃而逝，那么短暂，却又漫长，漫长到足够我对高考不再有感触和知觉，也漫长到母亲老去，哥哥们成为成为丈夫、成为父亲，而父亲也撒手离我们而去成为山水的主人。关心我的人陪我一起成长和老去，但都不曾远离，这是当我想起那一年的高考，从心底感知到的事实。后来的人生，我读大学，工作，恋爱，结婚；有过欢喜忧伤，有关辉煌失望。每走一步，都像那一年的高考一样，有那么多关心我的人陪伴我，支持我，给我前行的力量。

雨下了好一阵子，时大时小，短暂放晴时，天空一如既往地蓝，空气因降雨而清新。整个朋友圈都在高考：有人晒对高考的怀念，有人晒填志愿的段子，有人晒对高考学子的祝福，也有人晒正在为监考做学习培训……我心有所动，那场决定大学的高考业已过去，但人生路上，"高考"不是随处可见吗？

忙碌的间隙，我收拾记忆，告诉自己，要把未来人生的每一步，都当作一场高考，用心对待，不留遗憾，对关心和爱护自己的人心怀感恩。这么想时，我心里竟然有一些紧张，好像回到十年前，走在去看考场的路上……

　　高中一同学来我所在的城市，自然得小聚。五六个半熟不熟的高中同学先是吃饭，后来去烧烤喝酒，好不热闹。

　　酒到酣处，一个同学问，大家说说，你们还有梦想吗？

　　梦想是什么，可以吃吗？一个同学大笑着说，有什么烤排骨好吃？

　　别跟我谈梦想，早戒了，我戒不掉烟，戒不掉酒，但是戒掉梦想，不难。另一个同学说。

　　哈哈，别搞笑了，这把年纪了，还谈什么梦想，幼稚不？再一位同学说。

　　话也不能这么说，咱们不能因为现实不如意，工作不理想，生活琐碎疲惫，就丢掉梦想吧！有一个同学，声音不大地说。

　　哈哈哈哈——

　　笑声中，有人问，对了，谈梦想，你高中梦想是当画家吧？我记得那时候你学画好努力，你还说要考美术给家里买大房子，可是你看看，现在呢，你在县城当小公务员，你的梦想呢，你为什么不去画画了？

　　那同学迟疑了一下，虽然我现在很少画画，但我并没有丢掉它啊。

我看话题越来越尴尬，赶紧插话，说，其实无论我们怎样，现在没有做梦想中的事情，和丢失自己的梦想，其实是两码事，比如他喜欢画画，虽然现在靠公务员营生，但你们怎么知道他不再爱美术？

同学们说，谁都知道，你写文章的，最会糊弄人。

我说，就拿你们来说，你们中的这么多人，谁以前没有个梦想，谁没想过以后做自己梦想的事情，可是现在看来，我们都没有以当初梦想的事情生活，但是，不论我还是你们，我们每一个人，其实在心里都还藏着最初的那个梦想。我想要说的是，无论这人生怎样，都不要丢掉，最初的那一个梦想。

别丢掉，你最初的梦想！有句电影台词说，人若没有梦想，和咸鱼没有什么区别。还有句玩笑说，梦想总是要有的，万一实现了呢？

大家突然沉静下来，好一会儿，一个同学说，现在还把梦想的事情坚持做着的，恐怕，也只剩下你了！

是的，这些年，我从未放弃。

我写作。不知道这个梦想是怎么来的。

我的祖辈，都没有读书人。爸爸妈妈这一辈，妈妈从未进过学堂，爸爸只读过一年级，至今自己的名字写起来也很困难。据说爸爸一年级的时候，被人吓唬路上有老虎而不敢去上课，因此旷课一天，第二天去学校，就被教书先生开除了。

可以想见，这样的家庭，是完全没有任何书香氛围的，家里也找不到任何可以培育文学底蕴或者文学爱好的东西。但是，后来，我就迷上了文学，开始了写作。这事，说起来，是缘分吧。

小时候第一次接触让自己着迷的文字，是哥哥在小镇上读初中的时候带回来的《鬼故事》。你一定没有听过这样的杂志，是因为，我看到的这些《鬼故事》杂志，上面写着期数，但印刷极差，故事简单，胡编乱造的痕迹一眼就能看出来。

即便如此，我还是深深沉醉其中。为故事中那些勇敢与鬼斗争的少年鼓掌，也深深痴迷于落难书生与女鬼的爱情。那时候，我每天都捧着这样的书籍，看个不停。不识文字的爸爸妈妈，并不知晓我看的是与教材完全无关的课外读物，因此也就放任了我。

三四年级的时候吧，班上有个同学，家里有很多的武侠小说。我由此而迷上武侠，一发不可收拾。这导致我后来到小镇上读书，寻到一家专门租书的小书屋后，一发不可收拾地砸进去，把所有能腾出来的零花钱，都花在了租书上。每天一毛钱，一个月就算都看书，也不过三块钱。

那时候，我想，这些写小说的人，是多么神奇，为什么他们的脑子能够想出这么精彩的故事来呢？

后来，我又想，也许，这样的故事，我也能写得出来。

事实上，我并写不出那个刀光剑影，儿女情长的武侠世界。初三的时候，我第一次尝试写作，我说的写作，并不是写作文，而是信马由缰的写。我称之为，胡写。好比胡说八道，不需要负责任。

在练习本上写，在课本上也写。那时候，我都不知道自己写的是什么东西。散文吧，像诗歌。诗歌吧，更像散文。一些小小的情调，说些伤心的话，就这样，开始了自己的练笔。

那时候，写作是一件隐秘的事情，好比自己内心深处的一个秘密，害怕被人知晓。这个秘密，当时和我同住一个房间的哥哥都不知道。

后来我独自到了县城读书，这次才有更为广阔的空间和便利的条件，学习写作。

高中我的写作并没有那么隐秘，班上还是有相当一部分人知道的。但是，我经常遭受他们的打击。

你写那些东西干什么？你这么写，也不见得你能给写出好作文来，你看你的作文，分数一直那么低……

不止一次，同学们的话，让我想放弃。

那时候，我知道了新概念，有个想法，是通过新概念上大学。现在想来，那时候自己挺敢想的。但仅限于敢想而已，始终不敢把自己的东西邮寄去参赛。

后来，我开始发表一些东西。这倒是为我吸引了一些关注，同学们都对我投来一阵子的羡慕眼神，但也仅仅是一阵子，很快，他们的关注点，又回到了我的分数上来，又开始对我的写作不屑一顾。

通过参加新概念而走进大学的梦想最终失败了。因为每当我从县图书馆借阅新概念作文大赛作品集阅读的时候，我都会发现，那样的东西，我确实写不来。但是，我依旧没有停止写作。

那时候没有电脑，我就用手写，写在笔记本上，写了很多本。有时候我也用手机写，用手机写得最长的貌似八千来字。然后周末的时候去网吧包夜，将练习本上的文字弄成电子稿投稿，不幸的是，我的那些故事，一直没人采纳。倒是一些像诗歌的东西，陆陆续续发了出来。

我因此而获得信心，并不顾一切，坚持了下来。

后来，我上了大学，加入文学社，找到了一帮志同道合的朋友。写作的路，也就慢慢稳定下来，但是离梦想，实在还遥远。

这些年，我唯一对自己感到欣慰的事情，就是没有放弃写作和阅读。因为我知道，无论我做什么，生活中总是需要一些娱乐，来装点和丰富人生。有的人选择运动，篮球足球什么的；有的选择棋牌，麻将扑克甚至赌博；还有选择游山玩水，看天地万物……

而我，写作替代了这些。我那时候只是不明白，为什么任何一种爱好，都会被接受没人言说。对于写作，偏偏有那么多声音，他们总是时不时地说出血不好听的话，好像，写作，并不是什么正经的爱好。

幸运的是我，从未放弃梦想。后来，我的写作取得了一些成绩。虽然不大，但是足够让我自己对自己满意。不断发表作品，不断获得奖项，并于2012年出版了自己的第一本书，一个讲述中学生情感的长篇。

也许，如今回头去看，当时的那一本书，故事没那么精彩，文笔没那么好，甚至印刷厂也许出于作者的默默无闻而节省成本导致印刷质量也不如人意，但是它已经足够成为我写作生涯的一个转折点。它告诉我，只要坚持，一定会有所收获。

后来我毕业，参加工作，在繁忙的日常中，都不曾遗忘文学。想写的时候就写，没有思路的时候，就看看书。我享受这样的生活，是因为，我还有关于文学的梦想。难以想象，如果没有这个梦想，我的人生，会有多么枯燥无味。

过去的这个冬天，我签出了自己的第二本书，都是这七八年写的散文和小说的选集。签合同的时候，我为自己感到高兴，也为自己感到幸运。我曾烧掉那么多的手稿，删除那么多的文章，终究没有放弃。这留下不多的文字，见证着我这些年的成长。

如今，我还在继续写作，并不曾想通过它，去获得些什么物质，只是觉得，这人生之中，每个人都需要一个梦想支撑自己，在茫茫前路上，照亮自己。于我而言，文学和写作，具有这样的意义。

你看，这些年，我做过那么多事，成功过失败过，如今靠着一份从未想过的工作营生。但我深知，要记得深爱自己所爱的事物，学会坚持和守住自己最初的梦想。

我因此而觉得，我所走过的人生，都是有意义的；

而未来的人生，只有靠对梦想的坚守，来成就意义！

认识一个师姐。年岁比我还稍小一些。

在一次活动上，见过她跪在地上认真摄影。那一刻我为她感动，最初是因为敬业。后来，我依旧为她感动，是因为她对梦想的坚守。

她说，我不知道自己为什么这么对光影感兴趣，总之，我爱摄影，如同爱着我自己。

事实上，他们家条件并不好。她从高中爱上摄影并开始学习，最开始入门机，是自己打工赚来的。在那个并不思考未来的年岁里，身边的大多人，还舍不得划伤七千多元买这样的设备。但是，她买了，毫不犹豫。然后开始购买各类书籍，自学。

我在大学期间识得她的时候，是一次高校之间的活动，她受朋友之托，帮忙现场拍摄。

类似的活动图片，随便拍拍就行了，你犯不着那么卖力。见她那么用心，我有些不解。我对摄影也有些兴趣，但断然做不到这样。

没想到她认得我，说曾听人说起，我们聊了起来。

她说，我不允许我排出来的图片被被人说成随便交差的，因为是朋友托付的事情，我会尽力做好，这只是一个原因。另一个原因是，我爱摄影，它是我的梦想，是我生命的一部分，你能允许自己在梦想面前应付敷衍吗？

我点头肯定，我确实也做不到了。

我因此而理解她了。

后来我们熟悉起来，才对她有所了解。说高中那时候，在县城读书，自学摄影，后来跟着县里面的一些老摄影家学习，经常翻山越岭出去外拍。

那时候年纪轻轻，但对什么都无所畏惧，每次都浑身疲惫地回来。家里不放心，好多次要求她放弃摄影。但她都不曾放弃。最严重的时候，为了拍日出，凌晨四点爬山，下山的时候，摔去好远。那时候，名都不要，要顾着相机，哈哈，它就是我的命。谈起往事，她神色动容，感情自然就流露出来。

大学期间，课余都出去兼职，所得都存了起来。大三的时候，拿出所有的继续，数万元，买下了我们相遇时她正在使用的那一套设备。摄影这一块，设备很贵，我当然也买不起再贵的了，但是在我的能力范围里，我愿意为它花钱，因此可以委屈自己，吃的可以应付，穿的也可以应付，但不可以应付自己的梦想。

我差点对她竖起大拇指。

坚守梦想并为之努力的人，是那么相似。

她毕业后，在一家省级画报社工作，以摄影为工作。我为她感到高兴，能把生活和梦想合二为一的人，是幸运的。

但半年后，她离开了画报社。工资太低，是她给我的理由。之后，她进了一家公司，做销售。

即便这样，我相信，她并未放弃，自己的梦想。

事实也正是如此，在动态上，可以经常看见，她独自都在摄影的路上。独自去走那些崎岖的路，去看那些少有人看到的风景，去体味那些别人不关注的人生，用镜头去关注那些边缘的人群。

销售的工作很累，但她依然能，把自己梦想的心爱的事情，做得那么轰轰烈烈。

我想热爱梦想，并懂得坚持的人，总会找到最好的方式，处理梦想和现实的关系。

　　前些日子，她的一个摄影获奖，得到一笔不错的奖金。我问她，需要用来添置设备吗？她说，不用，先给家里吧，这些年，虽然他们反对我，但终究还是给我留了一条路。

　　我想，那些动不动就说没有梦想的人，是可悲的！

　　梦想是什么？梦想是你人生想要得到的东西，或者达到的某个境界。这是我的理解。

　　梦想就像人生的养分。有的人终其一生，都无法实现自己的梦想。但我相信，有梦想的人，人生的内涵，定然比那些没有梦想浑浑噩噩度日抑或是在现实面前懦弱地放弃梦想的人，宽广深厚得多。

　　别丢掉你的梦想，不是说你永远都要以梦为生，而放弃你现实的生活。而是说，无论你过上什么样的生活，都应该对未来对新生活充满一种期盼与探索，你未必要去实现它，但你的生命将因它而丰富。

　　别丢掉，你最初的梦想。

　　其实，也是不要丢掉，最初那个本真的你。

给他自由，即是放生自己

失恋后，小火一直处于一种一蹶不振的状态。完全没有我们给予她的这个绰号那样充满希望。这状态已持续半年。

小火并不叫小火，是因为她名字中有一个字是火字旁，加上她向来乐观积极，做什么事情都充满希望与激情，会为自己喜欢的事情，付诸巨大的心力。

比如，爱情。

比如，失恋。

他们相识于一场学校的社团活动。

那时候小火刚进大学没两个月，报名参加了学校的美术社。小火从小对美术痴迷，但她却没有认真学过，老老实实参加了高考。年少之时，毕竟不是叛逆的孩子，做不来和父母做对的事儿，因此没有义无反顾去学习美术参加艺考。但在爱情上，他绝对是义无反顾的。

那时候天刚暗下来，活动现场就停电了。她记得那是个美术作品品鉴会，上面都是些美术社的会员，作为初来乍到的大一新生，小火拿着自己的涂鸦，傻傻地坐在角落里，来的路上信心百倍地想一定要让大家看看自己的作品，到了现场却像漏气了的破皮球说不出话来。

后来点起了蜡烛，他开始在会上发言。那天，他是活动主持。事实上，整个活动中小火都没记住他说了些话。活动结束的时候，小火问身边的人，自己也喜欢画画，该给谁看自己的作品，身边人往前一指，说，他，是我们社最厉害的。小火这才认真地看他一眼，并不是吸引人的那种，高高的，这大约是他外观上唯一的可取之处。

趁着散场是六安，加上光线正暗，小火窜上去把自己的画地给他。请你看看。随后一转身，消失了。小火如此紧张，并不是如言情小说里面初见一人一见钟情心中万千只小鹿奔腾而过，仅仅是因为从小不善与人交际，何况是第一次请人看自己的东西。回去的路上小火想，也许这幅画递出去，就不会再有回复了，毕竟只是自己的涂鸦，对方又不认识自己，客气话都没说上二三句，唐突的请人帮忙，一般上没多少人会理会。

当她晚上，在美术社的QQ群里，有一个人冒出来，问：请问今晚活动散场的时候，给我一幅画的那个女孩是谁？怎么联系方式都没留一个，就跑了？

小火一阵惊喜，心想，还真是个细心又负责的人。没想到对方会寻找自己，小火激动地加了他的QQ，说明里写，给你画的人。

您好，学长，我是那个给你画的学妹，因为有事情，所以没来得及跟你说话就走了，抱歉啊！加上QQ，小火第一时间就发了句话过去。

哦，好的，我看了，有不少问题，但是可取之处也不少……

他们就这样聊开了，并约好了第二天中午在图书馆见面，当面给小火说说。

第二天一下课，小火就屁颠屁颠地跑去了图书馆，在门口给他电话。往里面走，六楼左边靠窗的位置，我等你。

小火已经认不得他，只好在电话确认一下，看着一个高高的男生拿出电话，小火心里想，就是他了。

在窗前，光线明朗，小火发现他脸上甚至还有不少青春痘留下的疤痕，那张脸仔细一看，就不耐看了。

他倒是认真，耐心地跟小火聊着天，开始聊的是小火的那一幅涂鸦之作，后来就聊到了中外美术，最后又聊到了美术社的发展。他是美术社的社长，对美术社有着特殊的感情，自身就是美术专业的，学习美术七八年了，成绩不小，算是年轻人中比较突出的人物。

看着他认认真真谈话，小火竟然有些痴迷。这样严肃认真的男子，是让他欢喜的。另一方面，我们不得不说说小火对爱情的幻想，一直以来，小火都希望能找到这样一个男子，他高而帅，性格温和，待人随和，会画画。是的，会画画，是她对对方的重点要求。因此，她加入美术社，一方面，希望自己得到一些淬炼；另一方面，也有些希望，能在这个组织里遇上那么一个自己想要的人。

后来小火离开，下午还有课。他继续留下，那一天他都没课，有足够多的时间用在呆在图书馆学习。分开的时候，他送小火出图书馆，站在秋日的微风中，对她说，你身子很单，看起来让人担心，还是要多吃点东西，别整日只想着减肥。

那一句，让小火心生温暖，突然就忽略掉他不俊俏的脸，也忽略掉他不俊俏的脸上散落的青春痘痕迹。是的，那一刻，小火心里暖暖地想，也许，他就是我要找的那个人。

那之后的日子，他们隔一两天，就会见上一面。

小火很勤奋地涂涂画画，虽然知道自己画得不好，但还是不断地送给他看。学长，请你看看。

他总是微笑着说，嗯，挺努力的啊！

每一次，他都有那么一两句温暖的话，让他感动。

不得不说，小火心动了，开始想念他。而他，总是能够在小火画好的时候，说，给我看看吧。

小火会带上一些吃的，比如一个苹果、几颗糖，见面的时候，递给他，来，请你吃。再说些客气的感谢话。而他则会恶心地补上一句，真可爱，真乖！

冬天初现端倪的时候，他给小火打电话，昨天你的画看了，你出来，我们聊聊。

在一家小小的奶茶店的角落里，小火连瓜子都不敢吃，认认真真地听着他说话，渐渐进入一种半痴呆状态，或者说灵魂出窍，反应过来的时候，他的嘴巴已经覆盖了自己。

那是小火难忘的一瞬间。漫长的青春期里，身边的姑娘们大都早恋了，也不缺乏人追求自己，可是小火一直固执而笃定地想着，一定要找到那个会画画的男生再谈恋爱。而这个会画画的男生，现在就在眼前了，他紧紧地抱住自己，舌头正试图撬开自己的嘴巴。

那之后小火挣脱他，逃出了奶茶店。又惊又喜。

他来短信，说对不起，我只是控制不住自己，我喜欢上你了，对不起对不起。

小火不回复，他就不断发。

小火心里偷着乐，你个傻瓜。眼看差不多了，小火回一句，不怪你，是我太紧张，人家的初吻，就这么被你夺走了，你要对我负责。

这就算是答应了。

他机动地问小火在哪里，飞快地跑来找她。这一次，小火没有抵制他的亲吻，而是热烈地予以回应。

就是这样，他们在一起了。一个是快要毕业的大四学生，一个是刚进大学的青涩小学妹。没有想过任何现实问题，轰轰烈烈地就在一起了。

小火第一次觉得，自己有了属于自己的生命。在以往的年岁中，她都是听妈妈话的乖孩子，什么都是父母做好了主，自己去执行的。可这一次，她和他，完全是凭着自己的意愿在一起的。

小火在寝室宣布自己的爱情的时候，遭到了室友们的集体反对。你们没有结果的；你确定他真的喜欢你而不是随便玩玩吗；你现在这样，懂得什么是爱情吗……七嘴八舌，不相上下，像极了小学班主任。

小火倔强地说，我确定，我喜欢他，他喜欢我，我们一定会有结果的。

小火张扬地和他在一起，甚至把这事情告诉了妈妈。即便遭到了妈妈的极力反对，小火还是义无返顾。她对他说，你一定要对我好，我为你付出了那么多那么多，你不要辜负我！

他认真地对小火说，我爱你，一定会好好对你的，你也要好好和我在一起。

温柔的时候，每一对恋人，都恨不得把这世间的情话，都说个遍。

但小火，把所有的情话，都当成了承诺。

即便到了他们吵架吵到不可开交的时候，小火还是会告诉那些劝她的人说，他说过的，会好好对我，我们一定会有结果的。这多么像自己对自己实施的一场巨大的骗局。

在后来的故事中，他们开始不断吵架，三天两头吵架。一个是即将毕业肩上顶着就业压力的人，一个是刚进大学还没考虑过未来和现实的小女生，相处中逐渐就暴露出彼此冲突的点来，有时候一句话不对劲，就吵开了。但每次吵架后，他们又彼此思念，在很短时间里相互道歉，然后和好。

但他们终于还是分手了。那时候他们在一起一年多，他已经工作一段时间，她对大学也有了了解，对未来也有了自己的思考。但她对爱情，还是那么固执。吵架吵到彼此都受不了，他开口，分了吧！

曾有很多次，是小火说这句话。我们分手吧！而他负责在道歉后说，亲爱的，我们和好吧！

这一次，反了。却也定了。他死心离去，两人的爱情就此结束。

或许可以说，对他而言，是结束了。但对于小火而言，还没有结束。小火心存幻想，他有一天，会回来的。因为，在之前那么多次的分手中，说过了那么多狠话，做了那么多次义正言辞的决定，终究还不都是因为思念对方而和好？小火以为，是这样的。

整整半年多时间，小火都沉溺在这场失恋的悲伤之中。

QQ空间写满了悲伤的心情，微博上不断书写和他之间的故事。隔三差五，就打个电话发个短信，即便他拉黑了自己，甚至打不通，可她还是坚持着。偶尔他会不耐烦地回上一句，告诉小火，不要这样，分开就是分开了，以后各自的人生，都要重新开始努力走下去。

他不回还好，他一回复，小火就会觉得，这事情还有转机。于是，小火就又会把自己的悲伤重新过一遍。温故而知新，这一晃，半年过去了。

也有不少好友劝小火，爱情早就结束了，到了这时候，已经不是问还爱不爱，爱没爱过的时候，最应该做的，就是打起精神来，该学习学习，该约会约会，你长得可爱漂亮聪明，少不了人喜欢。

可小火还是走不出来。每次有聚会，见到，大伙儿都心疼，但又没办法。

后来毕业，隔了几个月回学校见到小火，她状态明显变了很大，看来已经从失恋中走了出来。

就是突然想清楚了，既然结束了，就结束吧。小火说，给他自由，即是放生我自己。

给他自由，即是放生自己。时间终于给了小火一个哲理。

我想，小火是对的。

我们人生这么漫长，也一定会深爱某人，会对其中一个人恋恋不忘。我们把一切情到浓时的情话，都误作是承诺，并一个接一个地打上死结，栓在我们的心门之上。等到失去爱情的那一天，反复不甘心地问对方也问自己，明明说过很爱我，明明说过好好在一起，为什么都做不到……

我们因此而怀恨一个人，或者因此而不断纠缠一个人。不少人说过最狠的话，要让对方一辈子不得安宁。可终究，最不得安宁的，未必是对方，而是自己。因为，当你想要对方难过后悔的时候，痛苦不堪的那一个人，是自己；当你想要造一座城困住对方的时候，困住的却是走不出来的那一个自己。

与其相互捆绑，不如还对方自由。对于已经注定失败的感情，给对方自由，其实也就是给自己自由，是给自己一条走向明天的路。

没什么重，大不了，头再来

在准备新书稿的时候，因为电脑故障，我就把整理的稿件拷贝到u盘里，然后将电脑送修。结果电脑还没有修好，u盘就出了问题。

那天早上我去洗手间，无意间摸到衣袋里的钥匙串上的u盘内部空空如也，只剩下一个壳。心一慌，掏出来一看，傻眼了，u盘里面插入电脑的那一部分，不见了。这东西丢得神奇，不知道什么时候丢的，连可供怀疑的地儿都没有。

对于我来说，这无疑于晴天霹雳，这个出问题的u盘里，有我刚刚签约出去的新书内容，其中百分之六十是旧稿子，剩下百分之四十的新写的稿件。除了新书内容，这些年写的一些小说诗歌，也有其中一些存在里面来不及备份。更不用说工作上临时需要转换的一些重要文稿了。

总之，这一丢，就把我好多心血给丢了。当时那个心急啊，自从发现自己丢了u盘的那一刻起，我脑袋就不得安宁，不断思考到底丢在了哪里。头不知道怎么回事就疼了起来，开始心神不宁，上班的心情也没有了。然后一刻不停地找遍了办公室和卧室所有可能的地方，累得满头大汗才不得不接受找不到的这个事实。

存不住情绪的我，在微博和微信上发了一条动态：周末拷东西的时候，心里总有不祥的预感。特么果真真发生了：因为电脑问题准备修理，然后我把装文章的文件夹拷贝到了我的U盘里，然后刚刚发现我的U盘成了这样只剩下外壳里面不知去向，然后刚刚哭了一顿，一千万个同样的问题摆在眼前，那些在U盘的稿子肿么办……

这个矫情的消状态，在微信上受到了不少损友的点赞的同时，也收到不少朋友的评论。

有个朋友连续发了好几个问题，你自己没有备份吗？电脑里还可以找得回来吗？经常在办公室电脑修改会不会自动备份有呢？你怎么这么不小心呢？写了那么多年怎么都不买个硬盘呢？一连串问题，让原本就心烦的我，更加烦躁和心累了。

还有个朋友，在评论处发了老长一个笑话，可在我看来，一点都不好笑。朋友说，我只是想让你开心点，u盘丢了已经是事实，既然没有办法，那就接受吧，调整心情，正确面对。

不得不说，这些话对于我来说，真心起不到什么作用。我曾写过那么多温暖的话语，也确实温暖了一些在困难中的人，可是我自己却温暖不了自己。发现自己丢了u盘的整个上午，都处于一种恐慌不安的状态之中，头疼，心慌，烦躁，莫名想发火。

快下班的时候，看到一条评论，来自一名读高三的女孩，话很简单，也没有什么道理，她说：大叔，没事。不过重头再来。

不过重头再来。这话说起来轻松，但做起来，哪有那么容易？真是站着说话不腰疼。我心里想。

午休的时候，她跟我聊天，说了她自己的经历。在此之前，我只知道她是本市某高中高三学生，其他一无所知。但听了她的故事，我对她有了新的认识。

她一直都是班上好学生，全年级佼佼者。中考全县前几名，原本录取的一个重点高中，被现在的学校高价要来。是老师眼中的红人，寄托着家长和老师的厚望。同学们也都看在眼里，这样的人，注定是要在高考中一举扬名的。连她自己也觉得，这一切都是理所当然的事情。

可是，问题就是出在了高考，高考第一天出门好远，发现准考证没有带，慌慌张张回去找，却翻遍了所有可能的地方，都找不到。晕头转向，就这么错失良机。连死的心都有了，她对我说，那时候完全没脸见人，包括父母和关心自己的老师。而心眼小的同学都在看笑话，私底下说她是怕丢脸才不去参加考试。

那时候，把自己关在屋子里，谁也不见，谁也不理，眼泪哭干了，但痛苦依然在。于是自残，以头撞墙，绝食，一日日折磨着自己，直到晕倒，在医院醒来，发现一切依旧如往常，错过的依旧错过，失去的早已失去，任何人都无能为力。

能怪谁呢？她说，一切恶的根源，都源于自己。

明白已经发生的事情无论你怎么做都无能为力改变，她选择了重头再来。再一次走进教室，开始补习生涯。她对我说，除此之外，我别无选择，现在想起来，如果当时一死了之，会有多软弱，幸运的是，我挺过来了。

如今她依旧是尖子生，重头再来的基础并不因为那一次错失良机而损毁，那些自己苦心练就的能力，一直都是在的，所以学起来轻松，并不觉得难，随着时间的推移，和新同学关系的渐渐变好，心情也彻底放松下来，整个人的状态都极好。

我觉得现在的我，早就过了那个坎。她说起来的时候，很轻松。在刚刚过去的期末考试中，她再一次拿了全级第一。她说，无非就是晚一年上大学，无非就是在路上多耽搁一会儿，我们走路，看到美景会短暂停留，当然遇到挫折也会稍作休息和调整，这不重要，重要的是，最终，我们都要走向终点。

她的话让我感到惭愧。丢失一个U盘，算什么啊？相比较她而言，差远了；相比那些连人生都将打上巨大烙印的人，那更是相差千万里。她说的其实很对，我们重头开始，好歹还有可以重新开始的基础，就像在一条路上摔倒，但爬起来还在摔倒的位置，并不是回到起点。

而写作亦如同人生，要不断地向过去告别，将自己打碎重组，重头开始，才能成为更新的自己。

在当天晚上，我就重新开始了。一切都没想象中的那么难。新书稿有大部分都是旧稿子，在原来的文档里应该能找得出一部分，新稿子都是近期写的，大体还记得，重写写一遍就是了。而那些找不到的，正好可以告别一段过往。

她的故事，让我想到一个真实的故事。故事的主人公，我们可以找姓氏的拼音首字母，叫他C。

C生长在贵州黔西北两县之交的一个小村落里。因为身处两县之交，所以经济落后，生活贫苦。但就是这个贫困的地方，地下蕴藏着相对丰富的煤矿资源。

C年轻时去西藏当兵，什么苦都吃过，退伍的时候，拒绝了退伍安排，拿着退伍费，回到村庄结婚成家，开了一家小煤窑。

那年头煤炭市场并不景气，小煤窑也没赚到什么钱。这些都是次要的，重点是，因为在部队上养成的豁达仗义的性格，他对自己请来专门管煤矿的人极为信任，对账目之类也从不过问，因此对煤矿真正的资金情况也不了解。结果两三年后，主管捐款而逃，一分钱不留不说，还让他欠了一屁股债。

下属背叛，信任溃败，债主追款，家庭矛盾，将他打击得一蹶不振。不断上门的债主每天都守在门口，不给钱就给命；夫妻关系也因此面临困难，吵架时时发生。

他绝望了，自己找了跟绳子，上山找了棵树上吊，结果半死中被人救了；然后准备跳河溺水，也偏偏让一个同村的老太看出来，呼天抢地唤来了村里的男人们，把他给从死神面前拽了回来。

死不了，那就活下去吧。他这样想。于是携妻去往广州，一去就是七八年。说是重新开始，其实离最初的起点，差了很远。以前好歹有一比退伍费，现在却分文没有，还欠了一屁股债。他的这个重新开始，倒回去了好几十年。

省吃俭用奋斗好多年，然后存了一笔钱，再一次回到了村里，继续开煤矿。前事不忘后事之师，煤矿也做得像模像样。加上这样2000年左右煤炭市场突然一片大好，瞬间就发了家。

有相当一些年份，他无限风光，开好车，住好房。可是随着两个儿子长大，进入初中后，就开始不断找麻烦败家。加上后来国家对煤矿管控严格，投资其他产业又无一成功，结果再一次遭遇滑铁卢，煤矿赚的钱都烧在了其他产业上，还欠了银行一笔钱。

这一次，他不再像上一次失败一样被打击得几近奔溃了，而是豁达而又勇敢地面对。钱嘛，还可以赚回来，我这不还活着吗？活着，就有机会，有可能翻身。每当和别人谈起自己的事情，他都会这样说。

如今，他带着两个因家境变故而懂事很多的儿子还有老婆，在越南做生意。据说在那边开了自己的工厂，银行贷款也早就还清。

这是一个多么折腾却又充满希望的故事啊。对于有些人而言，这样的折腾多没意思啊，劳累又担忧。可是，对于勇敢的人而言，这样有大起大落的人生，才更有滋味。

我们无法就此认定他的一生。但我想，这样的人，无论遇到多少困难，都有可能打碎自己，重新组装，以全新的面目，去应对新的生活。

这样的姿态，这样的气势，让人羡慕，又佩服。

这世界上还有更多悲壮又伟大的故事的。但仅仅发生在我身边，在这最细微最真实的生活中的这些故事，就足以让我们感到羞愧。

我想坚强和勇敢的人，并不是因为他们做什么都一鼓作气直达终点，这样的人不是最值得敬佩的；最值得学习和报以敬佩之心的，是那些真正经历了苦难却不放弃，绕过万千山水却终究没有放弃希望和停止脚步的人。他们满身伤痕，但每一道伤痕，都有着特殊的故事，每一道伤痕都留下了时光的气味。

人这一生总要经历困难，总是需要一次次重新开始。

或许你现在真经历事业的低估，苦心经营的东西轰然倒塌，曾经积累的财富一夜之间消隐无踪；

或许你此刻正被感情困扰着，付出的感情都没有收获，最美好的相守突然就变了暗夜苦熬，那些说了好好在一起的人，都不知去向；

或许你的学业遇到了困难，熬过一个个日日夜夜都没有收获，或者是一次最平凡的小事就让你错失良机，前路迷茫；

……

其实，这些都不是最可怕的。最怕的事情往往是，你丢失了自我，将那个曾坚强的自己，彻底地放弃。一个你站在大地上，另一个你却早已倒下。你被打败，却不是被困难，而是被你自己。

如果你还没有被你自己打败，那么祝福你，一切都还有期望。

那就勇敢地站起来吧，像最初上路的那时候一样，昂首阔步，不惧风雨。

你要相信，也要告诉自己，困难不可怕，失败不可怕，没什么，大不了重头再来。

心房才是最温暖的家

　　午间休息，和同事闲聊，因为有个女同事要去民政局打未婚证明，被我们趣解为"单身证明"，用以购房合同。

　　于是大家的话题，自然就聊到了房子与爱情。

　　有个同事年纪稍长的同事，眉飞色舞地给我们讲了她表哥的故事。

　　说她表哥现在人在上海，身居某品牌润滑油企业要职，收入颇丰，以前租房的时候每月单单房租就是好几千，却找不到女朋友。后来一狠心，花了三百余万买了个房，却依然还是单身族。

　　这就让人奇怪了，人说你没房的时候找不到女朋友能理解，可现在有这么好的房了，本身也长得又高又帅，算高富帅了，为何还单身？

　　同事说，买了房后，不是找不到，而是不敢找。她说她表哥买房后，明显介绍对象的人就多了，相亲都几十次了，但每次女方都会问，你有房吗？其中有不少人问，你介不介意在房产证上添上我的名字？更有甚者，说，我的要求很简单，把房产证名字换成我。

　　她表哥说，我怎么知道这些人是不是为了我的房子。

　　所以就这么一直单了下来，眼看四十岁到了，可还是没找到自己要的那个人。他说我要求不高，就是平平淡淡跟我过日子，不要动不动就给我提房产证名字的事情。

受到这个故事的感染，另一个年岁已近退休的老同事，就谈起了另一个故事。

说他有个亲戚的小孩，初中那会儿成天捣蛋不学习，成绩差得不行，到了高中偏偏一路飙升，最后高考考了某军事院校。该君非常不喜欢这个学校，不想去报到，是被家里逼着去的。结果读了两年，还是选择了退学。退学的时候还被当成了退伍，发了一笔退伍费。

该君退学后不息参加高考，考取上海大学，几年后毕业，也选择留在了大城市，现在正在大城市打拼，按说那种工资在家乡已经了不得，可是在大城市里，就是买不起房，因此连恋爱都不敢谈。

房都买不起一个，拿什么谈恋爱啊？该君面对家人的质疑，如此回答。

我这个老同事就给自己的亲戚支招，说反正你们家就这么个孩子，而且他也很想在大城市发展，不如卖了你现在的房子去那边买吧。亲戚一脸苦逼，说，卖了这里的房子，也还是买不起啊。

不到十分钟，我就听了两个与房子和爱情相关的故事。一个是有大房子却因为担心相亲对象不是为了人而是为了房而不敢谈恋爱；一个是因为买不起房觉得没人要而不敢谈恋爱。这故事中，房子都是主要因素，好像爱情和房子，就是这么离不开的。

前些日子看《奇葩说》有一期辩题很有意思，是"要大城一张床还是小城一栋房"。辩论中正反双方唇枪舌战，各有各的理。

有人认为，与其在大城市累成狗，还不如面朝小城，春暖花开。但北漂一族对此坚决Say No：大城市机会多，不用拼爹靠自己也能上位，海量新鲜信息快速浏览，让人对工作充满激情活力，二三线城市的你，只能在网上无下限吐槽雾霾的帝都，小城市的生活，没有最土，只有更

Low，只有大城市，才能高大上。

"要大城一张床还是小城一栋房"，这看起来是一个与梦想有关的多么正能量的辩题呀！但本质上，是房的问题，是在不同的环境中房与人的距离及房对人的作用与意义的问题。这其中也隐含着，爱情与房的关系。你可以想象，无论你在大城还是小城，爱情都将是你生命中浓墨重彩的一部分，它或许最初都无关一切，但爱情最终走向婚姻都可能牵涉到房子的问题。

房子，这个简单的词汇，已经成为我们生活的重要内容，成为女性在选择爱情和婚姻时考虑的主要对象。有的女生说，你可以没有多少钱，长得也不咋地，没有好工作，但你必须有一套房子。也许，还要加上一个城市户口。不少男生也说，房子都买不起，没有资格谈恋爱。

于是我们发现，那么多相爱的人，一直耗着不结婚，一问原因，没房子。爱情耗着耗着，耗到一定程度还不结婚，基本上，就完了。这是比较圆润的情节，更为残酷的现实往往是，两个人相遇，到了该确定关系的时候，因为女方一个对于房子的要求，一段原本可能的因缘早早就解散了；抑或是一对恋人，到了该结婚的年纪，父母一句没房子不同意，又分了。

男方怪女方太现实，女方怪南方没本事。这大约是我们这个大时代里，最容易发生在每一对渺小的情侣之间的问题了。

好像只有房子，才能保证爱情的长久，如同投资一样，固定资产的存在，让人不管发生什么，都能感觉到抓在手里的东西还牢牢存在。

房子很重要，这大概是所有人的赞成的观点。风雨中，是房子为你遮风挡雨；黑暗中，是房子将你与恐惧隔绝。

但将做房子作为换取感情或婚姻的必需品和代表，似乎又成了一种交换，好像这感情的另一方并不是那个活生生的爱你的人，而是一栋坚硬的房子。

天底下的房子那么多，并不是每一栋房子每一个家里，都是温暖和幸福的。

有的人守着一套房，却无法得到温暖的心。

有的人生活清苦，没有像样的房子，却生活幸福。

这样的例子并不少。

大学的时候有个关系不错的美女L，有过一段比较让人无法理解的感情。

她爱上了学校里面的某个老师。该老师四十来岁，有一个读初中的儿子，幸运的是，已经离婚多年。物质条件不错，有车，有单位套房，还有自己在外买的一套房。

他们最初在一起的时候，虽然遮遮掩掩怕人闲话，但终究是卿卿我我。也许是南方年龄大出女方太多，那老师也特别能迁就她，她的那些小性子，在老师那里都成了甜蜜的源泉。

后来毕业了，因为这段感情，她自然而然就留在了省城，住在老师自己在外的那一套房里。虽然大家都不理解她这种口味，觉得你一个二十三四岁的小姑娘，跟着这么老的男人在一起，不是亏大了吗？可人家说了啊，跟谁在一起都是恋爱，跟他在一起好歹人家还能好好照顾我，哪像我们这些同龄人，一点不会照顾女生。

开始的时候，不少人觉得她是贪图老师的那些物质，但现实告诉大家，并非如此。非常可靠的信息现实，这美女家里也挺有钱，家在被称为"西南煤海"的每个县城，其父自己手下就有几个煤矿。

我们相信这份感情是真的，唯一担心的是，那男的是否真的爱她？

爱呀，很爱，但是不可能给我婚姻。她如此回答。那老师明确告知她，说他那样的年纪，婚姻已经不重要了。没想到这姑娘还是死心塌地，执迷不悔，一头砸进去了。没有办法的好友们，只好报以诚心的祝福。

我们一直以为这个姑娘现在一定过着悠闲而又富足的生活，就像童话里写的那样，公主和王子幸福地生活在一起了。

可前些日子路过省城，相约喝茶，才知道她从老师的房里搬出来，已经有些时日。搬出来后，她在某师大附近租了个小单间，自己找了工作，每天朝九晚五，过上了上班族的生活。

为什么会这样呢？她说，那么大的房子，多有一个人，你会觉得是属于你们的，但如果只有你一个人，就会慢慢觉得自己也仅仅是这房子里的一件摆设，好像不是房子里的人需要你，而是房子需要你。

原来那老师工作本来就忙，她在之前的溺爱中将自己的小性子滋养得越来越过分。这都是次要的，重要的是，她渐渐感到对方对自己的厌倦，比如原本不吵架的，但因为她一次小撒娇，就可能吵得不得安宁。吵架后，老师摔门而去，大房里就剩下她孤零零一个人。

他不再那么爱她。开始争吵，开始冷战，开始一夜夜地不回家。属于他的房子里，她时常一个人夜半醒来，夏天里也感到冷和孤独。就是这样，她选择了分开，独自搬出了他的房子，重新开始属于自己的生活。

如果一个人不爱你，给你再大的房子，都会感到寒冷。因为无心的人，永远也温暖不了你的心。她说。

高中那时候我也在县城租房。在我所租房的小院子里，有一家特殊的住户。整个院子基本都是乡镇上来的学生，只有那个屋子是住家户，一间不大的房子里，住着夫妻俩和一个儿子和一个女儿。

夫妻俩都三十多岁的样子，正值壮年，看起来淳朴真实，待人也和善，很受院子里的人们的喜欢。他们的两个孩子，男孩年岁稍长，已经上初一，很懂事，经常帮着他们干事；女儿读小学二年级，长得漂亮可爱，见到我们经常哥哥长哥哥短地叫，大家玩的时候也特别愿意带上他们哥妹俩。

就是这一家子，拥挤地住在一个不大的屋子，中间拉开一个链子，摆下几张床。男的开三轮，做些小运输什么的；女的开始卖些小菜，做点小本生意。这和睦幸福的一家子，给我们的求学生活带来不少欢乐的同时，也带来不少的便利。

他们一家来自离县城不算太远的乡下，为了孩子读书方便也为了找些营生的活做而来到这里。都说贫贱夫妻百事哀，但他们一家子却让人看不出任何"哀"来，生活简简单单平平淡淡。

后来他们开始做工地活，那辆三轮就更加派上了用场。女人也特别能吃苦，背水泥，扎钢筋，推小车，什么都能干。

后来我们就搬出了小院子，但偶尔会回去找他们的孩子玩，没事的时候，他们的两个孩子，也会去我们的新租房玩。都是乖巧听话的人，所以大家都喜欢。虽然搬走了，但是还是经常在路上遇到，面目之间都是疲惫，想是为生活奔波劳累所致。

高二的时候，突然接到电话，邀请大家去他们新家玩。到了才知道，原来前一日是他们乔迁新居，而新居就是那个租房的小院子不远处的树林中，二层小楼，蓝色瓷砖外墙，转角小楼梯别致又不小气，内外都看起来是细心打理过。

一家人开开心心，招呼我们聊天吃饭。男人话不多，但神色之间，有喜悦，有说不出来的激动。女人话多一些，陪着女孩们聊天，说前一日乔迁酒宴想叫大家，但想着都是远道来的学生，叫来担心大家尴尬，就延了一日，等宾客走了，再把大家叫来玩。真是个善解人意的女人。

聊到开心之处，她说，一开始我们结婚那时候，哪有现在这样的房子，他们家很穷，只有一个土瓦的旧房子，还得三兄弟分，我妈那时候反对我说他们家什么都有，但我就想只要我们勤快点，建个房子并不难。她说的时候，他的男人在旁边嘿嘿笑，说我们家的房子是不好，但也是村里最好的了。大家都知道夫妻俩是开玩笑，也都跟着笑。

女人感触地对女孩儿们说，其实我也跟你们一样，也想每天有如花似玉，享有富足的生活，想买什么就买什么，可是现实并不允许我，我爱上这个没钱的男人，并不能依靠他给予我这样的生活，唯一的办法就是跟他一起奋斗出这样的生活。好在这些年的努力都没有白费，如今都有了现在这个房子，孩子们都听话健康，我觉得现在挺好的，我不觉得自己的生活有多辛苦。

她的这些话，对于那个年岁的女孩们而言，并不具备教导作用。也许仅仅是少许白酒下肚的作用，让她将心里的话吐了出来。但这样的话，其实也是来自其生活经历的哲学。

爱情让他们拥有一个温暖的家，时间让他们奋斗出一栋安稳的房。一起走过最艰难的岁月，才能一起享受这往后的幸福与荣光。正因为来之不易，才会倍加珍惜。

2011年春晚有个小品叫《新房》，由蔡明和刘威主演。

讲述的是蔡明生长在城市的"女儿"和农村人刘威的"儿子"好上了，刘威是一个乡下养猪的，家里没有钱给儿子买房娶媳妇，蔡明的女儿就与他儿子串通好，借了一个房子来"忽悠"蔡明，期望她能够同意这门亲事，经过一番骗人、说谎的纠结、难堪，最后蔡明同意了这对孩子的亲事。其中有一句经典的台词——房子不是家，有爱才是家。

是啊，有爱才是家。一栋房子，是能遮风挡雨，但却未必能让你一夜安眠，未必能让你在梦醒时分感到温暖。让你安眠的是幸福的生活，让你温暖的是爱你的爱人。幸福的脸庞兴许有很多种，但幸福的内容，无非是家庭和睦，亲人康健，夫妻和谐，感情稳固，这一切看起来，都和房子没什么直接关系。

很多人都说，没有房子，哪里来稳定的生活，但稳定的生活，就能代表有稳定的感情吗？

君不见多少妙龄少女，把自己的青春和爱情，一日日地埋葬在一套套冷冰冰的大房子里，自以为得到了自己最想要的，却在熬过无数也寒夜之后幡然醒悟，发觉时光已逝。

君不见多少爱人在艰难的人生中相互搀扶，一起熬过寒夜，一起走过艰辛，一起遭遇过绝望与失落，却终究如胶似漆，爱情也因这一起走过的路而更加醇厚，最终又在自己的努力中得到该得到的生活。

家是什么？家不仅仅是一套宽敞的大房子。家还包括了里面那些人、爱人、孩子、父母，以及这人与人之间的关系和感情。房子再大，能供你安眠的，只是一张床，和爱人一个温暖的怀抱。

而心房，才是最温暖的家。

我想告诉那些正在爱情中面临着要不要房的抉择，抑或是在开始一段感情前纠结于自己没有房而不敢迈步的人，如果你是真心想爱，认定那个人是自己的幸福源泉，那就勇敢地走下去吧！

这并不是说，不该在爱情中考虑诸如房子此类物质的问题。而是说，当我们深切地爱上一个人，在面临选择的时候，不要把一栋房子或者一辆车子看成必备条件。

爱情中对物质条件的考虑本身是没有错的，追求安稳富足的生活也是每一个人所具备的的权力和自由，但是因此而放弃所爱之人，放弃一起走过的那些美好岁月，将是多么残忍又得不偿失的事情啊。

因为，物质的东西，没有的可以创造；但感情的东西，错过就极有可能永远追不回来。

选一个合适的姿势遗忘

好久没有Z的消息，再联系上的时候，她情绪不太对，说来我所在的城市，想见上一面。我们约在一家小咖啡店小聚。

在等待她到来的片刻里，我想起一些有关她的旧事。

我们大学相识，在同一个团体里服务。她长得并不是美到惊艳，但笑起来好看而温暖，深得很多人的欢喜。

记得大学里她谈过两次恋爱，我都有知晓。第一次和一位师兄，长得不咋地，但有些才华，会弹吉他，对美术也似乎有些研究，但这段感情在经历卿卿我我之后，于师兄毕业后分手。

早知道会分手，但相爱的那一刻，还是控制不住自己，爱情之所以神秘让人神往，不就是它散发着的这些让人即便眼前是悬崖是火海是刀山也义无反顾地迈出下一步吗？那时候，她对我说，我因此而怀念与他在一起的那些美好的时光。

第二段感情，是一个小师弟。用现在时兴的说法，是小鲜肉，长得俊俏好看，说话好听，语气温婉，背影清瘦，看起来正式需要年长几岁的姐姐照顾的小孩儿。她一发不可收拾，爱得高调而放肆，无论朋友聚会同学聚会都带上小鲜肉男友，甚至还有几次把他带到了课堂上。不得不说，她勇敢，豁达，爱得坦荡自由。

可是他们终究分手，那时候我们都大四，有一次团体活动，我们做小面包车去山里玩，一路上她都情绪低落，车还没出市区的时候，我们停车在路边采购食物，她突然情绪失控，兀自蹲在路边，放声大哭，来来往往行人不断，可她并不在意。同行的女伴们只好将她围住，是想给予她一个相对隐秘的空间，允许她更放肆一些。据说他们分手的原因，是小鲜肉另有喜欢的人了，在短信里说，跟你在一起，连你对我的好，都成了一种压力。

女伴们边安慰她边说小鲜肉的坏话，而她渐渐收敛哭声，慢慢稳定情绪，并不说多余的话。剩下的活动，她情绪虽有低落，但还是积极地参与，并未表现过多的悲伤。但静下来一言不发的时候，我还是看出来，她内心的悲痛。

我想我们持久而延续的友情，大底来源于此，喧哗之中，我能一眼洞见她的悲伤，如平静睡眠，有波澜汹涌。她克制，但往往越是克制，越是动人。她说，至今我都不知道，对一个人好到一定程度，会是一种错误。是不是我不懂爱？她问我。我不知道，我说，每个人都要在爱里不断成长。那时候，我想，老男人师兄也好，小鲜肉师弟也好，都该是她的一所学校，让她成长。

你是否会就此对爱情失去信心呢？我问她。夜幕降临，我们乘着汽车，穿过山间，渐渐看见远处的城市灯火无声地亮起来，在车速的晃动中，像极了一场幻觉。这一幕幕多么容易放大一个人的悲伤，让人有恍若隔世之感。她盯着窗外，没看我，说，我不知道。

那之后我们偶尔在校园里撞见。毕业之际，都兵荒马乱，就算最后的毕业聚会，我们都没能好好喝上一杯。这友情淡薄却又稳定，我们在属于自己的人生里，默默地观照着对方。

而如今，她会怎样呢？

她打来电话，说找不到路。我问她身边可有能鉴别方位或属地的标致，原来正好在我的楼下。我站在楼上，给她指路，看见她挽着一个男子，仰头看我。是新男友吧！我心里想。

五个小时汽车来你的城市，喝杯咖啡你丫都舍不得下楼接我一趟。坐下来她就开玩笑，说我一点也不仗义。我反攻她，谁让你悄无声息地来，你若要是提早说一声，我定然冒这冬日寒风去车站接你，必要还可以组一支腰鼓队为你热闹热闹。

哈哈笑过后，她试图以正经神色像我介绍身边的人，却反倒露出一些滑稽来。我男朋友，她告诉我，一月前才开始在一起，彼此感知到是合拍的人，此次是一次出来旅行。那男子话不多，站起身来和我握手，浅浅微笑，说，早就听说你了。

我们喝咖啡，闲聊，一整个下午都如此进行。好像这也都是习惯并乐于的事情，把以前的话题都重新聊上一遍。后来她男友说要去办点事，起身和我们告辞，两人在灯光幽暗的咖啡屋拥抱，对她说，你们聊着，我完事后联系你们。

我们决定等她男友回来。只剩下我们俩后，很多话题就聊得比较容易了。她说起她的最新这一段感情。

毕业后回到家乡县城工作，听了父母的话，考了个稳定的事业单位。报到的那天，接待自己的，就是现在身边的男子。他给她以无微不至的关照，像早就熟识。那时候就感觉他对我会有这些意思，她说，但你知道，我不可能那么随意就开始一段感情。

是因为之前那些爱情的无疾而终，因此而对爱情失去信心吗？这个曾经问起的问题，再一次被我开口问出。

那倒不是，只是觉得，感情这种事情，得看准了，好好来。她换了一杯橙汁，对我说，事实上，我更喜欢简单的东西，更多时候，我只喝一杯柠檬汁。

你是否看准了他？是否觉得他简单如同你所言的一杯柠檬汁？柠檬对我而言，机具爱情的属性，那入口的感觉，其实可以品出一段感情的始终。我如此笃定。

那倒不敢胡言，没有谁能够看准谁，每个人都是独立的孤岛呀，怎么能够看准，但我愿意为此去赌一把，因为他对我的好，因为他给予我的温暖和安心。第二个问题，我倒是觉得他挺简单的，你知道，人成长到一定年岁，就不再喜欢那些复杂的事物，没有了大而空的那些梦想，就会开始脚踏实地。

"过了爱做梦的年纪，轰轰烈烈不如平静。"是如这歌所唱的吧。到了一定年纪，会逐渐趋于平静，在平凡中，感知新的美好与幸福。我们都是。

他对她的那些好，终究慢慢铺垫出她内心的欢喜。我爱上他！Z轻轻咬着吸管，说，你看我，是不是还是以前那样？我确信，当她说出"我爱上他"这四个字的那一刻，跟多年前，一模一样，原来时间并未改变她在爱情中的姿态。

可你是否想过，你们之间的结果？你还能承受得住几次，爱情的无疾而终？这是每一个爱情中的人，都应该思考的问题呀！

没有，为什么要去想？你看看我以前那些爱情，都是无疾而终，我也曾伤心难过，但终究还不都成为了过去？如今我对往事充满感恩，是因为那些爱情让我成长，让我不断完善自己，我相信这些年，经历的这些感情，是在不断地让我越变越好。这一次也是这样，我总不能因为失败过，就不开始新的爱情。因为回不去，我们才要不断地往前走；因为过去的感情已经烟消云散，所以我们更应该勇敢地迈开下一步。谁也不知道下一步是幸福还是苦难，但如果我们不出发，连幸福的可能都没有。那就算，是苦难吧，苦难是什么？苦难是我们人生的良药，是让人更加强大的催化剂呀！

她说得好有道理，我无言以对。喝掉杯中残留的液体，问她，你确信，完全忘记以前的那些爱人？

没有，我没那么薄情。可是遗忘的方式很多呀，不是真的要一丁点都不留地消灭掉，没有人能够做到那样，除了死亡。但过去的终究过去，固守记忆只会让自己越来越痛苦，什么需要选择一个合适的姿势遗忘，遗忘痛苦，才能获得更多的快乐；遗忘苦难，才能得到一个迎接幸福的好状态……

晚上我做东请客，看着Z跟她的现任男友坐在对面，神色相似，有着大家所言的"夫妻相"。笑起来的时候，Z的眼睛里，有些一如既往的放肆和坦荡，又多了一层幸福。我突然就赞同了她的观点，不论过去发生什么，都该选择一个合适的姿势遗忘。

你一定爱过一个人，为了他不顾一切，放弃自我，弯下自己的腰。如同张爱玲在赠给胡兰成的照片背面写的那样：在你面前，我变得很低很低，低到尘埃里，但心里是欢喜的，便从尘埃里开出花来。每个人的青春里，都会有这么一次，为了某个人而忘记了自己。但感情本身就是时浓时淡的事物，它会来，如同火山喷发，如同海啸肆虐，如同一青草不顾一切从温润泥土长出来；可它也可能会走，像断线的风筝飞离主人，像破茧之蝴蝶离开自己的蛹。一段感情走到什么结果，都是再正常不过的事情。

而我们，芸芸众生，在爱情面前，其实多是无能为力。面对无疾而终的爱情，我们能怎么样？固守往日，靠往事安慰自己，靠自我欺骗生活在昨日？显然不是，一个聪明的人，选择的路，一定是遗忘。一个适合的姿势，遗忘曾经痛苦的岁月。

那就选择一个适合的姿势遗忘吧！对失败的爱情，如此；对失败的人生，亦如此。